우리가 정말 알아야 할 우리 고전
온달이야기 外

초판 1쇄 발행 ᅵ 2001년 11월 10일
초판 5쇄 발행 ᅵ 2011년 7월 10일

글 ᅵ 조면희
그림 ᅵ 이영원
펴낸이 ᅵ 조미현

인쇄 ᅵ 영프린팅
제책 ᅵ 쌍용제책사

펴낸곳 ᅵ (주)현암사
등록 ᅵ 1951년 12월 24일 · 제10-126호
주소 ᅵ 121-839 서울시 마포구 서교동 481-12
전화 ᅵ 365-5051 · 팩스 ᅵ 313-2729
전자우편 ᅵ editor@hyeonamsa.com
홈페이지 ᅵ www.hyeonamsa.com

ⓒ 조면희 · 2001

ISBN 978-89-323-1112-8 03810

우리가 정말 알아야 할 우리 고전

온달이야기 外

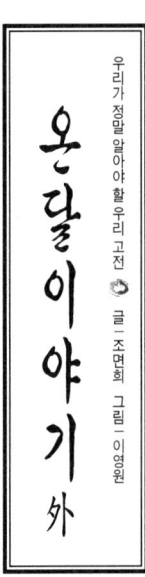

우리가 정말 알아야 할 우리 고전 ● 글―조면희 그림―이영원

온달이야기 外

현암사

"천 년이 지났으나 예스럽지 않다(歷千劫而不古)"는 말이 있다. 천 년이라는 긴 세월을 거쳤으면서도 여전히 새롭다는 뜻이리라. 오랜 세월을 거치는 동안 수많은 평가를 새로이 받으며 그 때마다 명작으로 인정받아 온 작품을 우리는 고전이라고 한다. 시대를 뛰어넘는 영원성, 옛 것이면서도 언제나 '현재'에 살아 있다는 것이 고전의 참다운 가치이다.

　문학은 시대와 사회와 개인의 삶을 총체적으로 비추어 주는 거울이다. 특히 고전 문학 작품은 인생과 세계에 대한 선인들의 치열한 경험과 진지한 사색의 결과물이다. 그러므로 우리는 이것을 통하여 바람직한 삶을 사는 지혜와 힘을 얻거나, 인간의 크고 작은 꿈을 들여다볼 수 있게 된다. 고전은 우리 삶의 길잡이이며 자양분이다. 바로 이것이 우리가 어린 시절부터 고전이 지성과 감성을 연마하는 한 방법이라고 배워 온 까닭이다.

　우리 나라 고전 문학 작품은 대개 신문화가 본격적으로 들어오기 전인 갑오경장 이전의 작품을 말한다. 비록 세계의 고전 문학 작품에 비하여 양적으로 그다지 많지 않고 형상화된 세계가 다양하지는 않지만 우리의 옛 시대 정신과 선인들의 삶의 훌륭한 결정체이다. 특히 '이야기책'이라고도 불리던 우리 고전 소설 속에 투영된 삶과 죽음, 사랑과 이별, 이런 것들이 주는 고통과 기쁨, 슬픔과 환희 그리고 유한한 인간으로서의 한계와 인간 사회가 주는 제약을 뛰어넘으려는 꿈은 어느 날 불쑥 생겨났거나 문명화되고 세계화된 오늘날 비로소 생겨난 것이 아니다. 오늘날의 문명화와 세계화는 오랜 세월 동안 도도히 흘러내려 온 한민족이라는 강줄기에 더해진 자극과 변화의 결과일 따름이다.

우리 고전을 재미있게 읽을 수 있는 가장 중요한 조건은 무엇보다도 우리가 한민족이라는 강줄기를 이루는 작은 물방울들이라는 데 있다. 우리는 누구나 문화 전통을 이루는 데 기여하고 누리며 전승하는 주체로서, 조상에게서 이미 우리만의 정서가 흐르는 피를 물려받았다. 열녀 춘향, 효녀 심청, 개혁 청년 홍길동, 이상적인 남성 양소유, 이들은 우리의 정신과 정서가 만들어 낸 인물들이다.

그런데도 고전 읽기가 즐겁지 않았던 데에는 정신에 앞서 표현의 문제가 크게 작용하였을 것으로 생각된다. 무엇보다 낯선 고사의 인용과 한문 어구의 빈번한 삽입, 익숙하지 않은 문어투와 내용 파악이 어려운 비문투성이의 긴 문장이 큰 원인이었다. 언어 문자는 정신과 문화의 소산이다. 언어는 시대의 변화에 따라 저절로 변하는 것이 그 본질이다. 그러나 우리의 언어 문자 변화에는 적지 않은 외적 요인이 작용하였다. 한글 창제 이전부터 보편적인 표기 수단이었던 한문자 사용의 오랜 전통과 습관, 신문화의 격랑과 함께 시작된 일제 36년 동안의 의도적인 우리말 말살 정책, 이에 더하여 해방 이후 오늘날까지 우리 사회를 온통 뒤덮은 영어 사용의 보편화 등등. 이로 말미암아 한글과 영어 시대를 사는 우리 젊은이에게 우리 고전은 무척 어렵고 낯설고 재미없는 것으로 인식되어 온 것이다.

작품은 작가가 창작한 원작 그 자체로 읽히고 평가되어야 한다. 그러나 그러한 원칙을 위하여 고전 작품 자체가 잊혀지거나 도서관 깊숙이 사장되어서는 안 된다. 학문 연구의 대상으로 상아탑 속에 안주하는 것도 바람직한 일이 아니다. 여기에 '원작에 대한 반역'이라고까지 이야기하는 '손질'을 감행할 수밖에 없었던 이유가 있다. 한문으로 된 문장은 우리말 글로 풀어 쓰고, 고사는 해설을 삽입하여 주석이 없이도 누구나 쉽게 읽을 수 있도록 하였다. 비문이나 번역투의 매끄럽지 못한 문장은 우리말 맞춤법에 맞추어 고쳐 써서 읽기 편하게 가다듬었다. 그리하여 옛 것, 어려운 것으로만 느껴지는 우리 고전 소설을 청소년을 비롯한 일반인 누구나 가까이 두고 즐겁게 읽을 수 있도록 하였다.

이 책이 우리 고전 소설 보급에 조금이나마 보탬이 되기를 바랄 따름이다.

2000년 10월
국문학자 김선아

설화 문학의 유래와 발전

설화란 우리말로 바꾸어 말하면 이야기입니다. 이야기란 우리의 말을 가지고 어떤 사건을 설명한 것이지요. 그 사건이 현실에서 일어난 것일 경우 우리는 그 이야기를 논픽션, 곧 역사라고 하지요. 또 실제로 있었던 사건을 토대로 하여 살을 붙인다든지, 더 나아가 현실에서 일어날 수 있다고 생각되는 여러 이야기를 상상으로 만들어 낸 것을 픽션, 다시 말하여 설화라고 하면 될 것입니다.

그런데 이것도 엄밀하게 따지면 구분하기가 곤란한 것이 많습니다. 가장 가까운 예가 고대의 역사지요. 고대 역사에는 우리 나라뿐만 아니라 세계 어느 나라를 막론하고 우리가 믿기 어려운 사건이 있습니다. 중국 상고 시대의 황제인 복희씨나 여와〔사실은 여왜(女媧)임〕씨는 뱀의 몸뚱이에 사람의 머리를 하였으며, 그 중 여와씨는 무너지는 하늘을 큰 돌기둥으로 괴었다는 얘기라든지, 단군 왕검이 곰의 아들로 태어났다든지 하는 내용 말입니다. 그래서 맹자 같은 성인은 "이 세상 모든 책 속의 내용을 다 믿는다면 차라리 책이 없는 것만 못하다."고 했습니다. 책에 쓰인 내용을 있는 그대로 믿게 되면 큰 혼란이 온다는 뜻이겠지요. 아무리 역사책이라고 해도 그 내용에는 허구성이 있기 때문에 독자가 줏대를 가지고 읽어야 한다는 의미입니다.

그럼 역사에 그 같은 허구성은 왜 들어갔을까요? 옛날옛날 아주 옛날에 여러 부족들이 집단 생활을 할 때 자기 부족이 다른 부족보다 우월함을 보이기 위해선 우선 현실적으로 상대를 제압할 수 있는 힘이 필요했겠지요. 그런데

물리적인 힘으로 상대 부족을 제압했다 하더라도 그것은 일시적인 것이고, 그 제압당한 부족을 영원히 지배하기 위해선 정신적인 우월성을 보여 주어야 합니다. 자연이나 조상 숭배 사상이 절대적이던 고대에 자신들은 조상 때부터 다른 부족보다 뛰어나다는 내용의 탄생·성장 설화는 그러한 필요에 들어맞는 것이었습니다. 예를 들면 '우리 할아버지는 하느님의 자식이야.' 라든가, '우리 시조는 하늘에서 황금 궤짝에 담아 내려 보내졌대.' 혹은 '우리 할아버지는 늑대의 젖을 먹고 자랐다니까' 하는 등의 주장으로 자기 자신에게 신성성과 신비성을 부여했던 겁니다. 뒷날 문자가 생겨서 전해오던 이야기를 기록으로 남기려고 할 때 '이 이야기는 비현실적이니 빼 버리자.' 고 했겠습니까? 보나마나 '지금까지 전해오던 이야기를 빼버릴 순 없으니 그냥 기록해 두었다가 사실 여부는 뒷날 독자의 판단에 맡기자.' 고 했겠지요. 이 같은 까닭으로 고대 역사에는 세계 어느 나라를 막론하고 신화적인 요소가 들어 있습니다.

설화의 갈래

그럼 신화와 설화의 관계를 따져 봅시다. 설화는 일반적으로 신화·전설·민담으로 나누는데, 신화는 주로 영웅들의 탄생 설화나 건국 설화를 말합니다. 「고조선 건국 신화」, 「고구려 건국 신화」가 그 좋은 예가 되겠지요. 전설은 대개 어떤 인물이나 물건에 얽힌 이야기로서 신비스럽다기보다는 신기롭다고 표현하는 것이 맞을 것입니다. 곧 「온달 이야기」라든지 「대왕바위 이야기」 같은 것들을 말하지요. 마지막으로 민담은 글자 그대로 사람들 사이에 떠

돌아다니는 이야기입니다. 출처도 모르고 증거도 없이 입에서 입으로 전하는 이야기로서 그야말로 '호랑이 담배 피울 적 이야기' 입니다.

지금까지 설화에 대한 갈래를 나누어 보았습니다. 그러나 어떤 이야기는 신화라고 해야 할지 전설이라고 해야 할지 애매한 것도 많습니다.「견훤 설화」같은 것은 주인공이 영웅이고 나라를 세운 점으로 볼 때 신화로 볼 수도 있고, 어떤 한 지방의 전설로 볼 수도 있습니다. 그러니 독자들은 이런 점에 관심을 가져, 이 책에 실린 설화를 다 읽고 난 뒤에 그 작품이 어느 갈래에 속하는지를 나름대로 분류해 보는 것도 좋을 듯합니다.

가전체 문학의 특징

저는 여기에 우리 나라 학자들이 쓴 가전체 문학을 통틀어 다 우리말로 옮겼습니다. 그럼 가전체 문학이란 무엇일까요? 사람이 아닌 물건 곧 대나무라든가 돈, 술 같은 것을 마치 사람처럼 인격화하여 표현한 작품을 말합니다. 인격화했다는 점에서 의인체 문학이라고도 합니다. 본래는 중국 한나라 사마천이 편찬한 『사기』속의 열전 형식을 따 왔다고 하여 가열전(假列傳) 형식이라는 뜻으로 가전체 문학이라고 한 것입니다. 그리고 이 문학은 주인공으로 등장시킨 물체를 체계화하기 위해 옛날 역사나 경전 등에서 많은 고사를 인용했는데 이는 다분히 작가 자신의 학문적인 깊이를 자랑하려고 하는 현학적인 심리의 결과로도 보입니다.

가전체 문학의 유래와 발전

가전체 문학의 효시는 중국 당나라 때 한퇴지(韓退之, 본명은 愈, 768~824년)가 토끼털로 만든 붓을 의인화하여 쓴 「모영전(毛穎傳)」이라고 할 수 있습니다. 우리 나라에서는 고려 때 임춘(林春, 1170년경)의 「국순전(麴醇傳)」과 「공방전(孔方傳)」이 문헌상 가장 오래된 작품입니다. 그리고 그 뒤를 이어 「청강사자현부전」, 「죽부인전」 등이 창작되었지요.

가전체 문학의 문학적 가치

설화 문학에서 소설 문학으로 넘어가는 과도기적 작품이라고 하면 어떨까 싶습니다. 그 이유는 이런 작품의 내용을 보면 소설이 갖추어야 할 주제·구성·문체나, 구성 요소인 인물·사건·배경이 완벽하게 들어 있기 때문입니다. 그러나 주인공의 역사를 너무 체계화하다 보니 소설의 예술성인 재미를 느낄 수가 없지요. 곧 남의 족보를 따져 보는 것 같아 딱딱한 느낌이 들고, 클라이맥스 등의 극적 효과가 모자란단 말입니다. 주제와 소재 면만 놓고 보면 기발한 착상이라든지 사회적 풍자성을 높이 평할 수 있겠습니다. 이러한 점에서 본인은 소설의 전단계이며 설화 문학의 발전 양식으로 보아 설화 문학 중에서도 가전체 문학을 작은 갈래로 갈라 묶어 보았습니다.

2001년 11월

옮긴이 조면희

시화와 저설을
중심으로 한 설화

다음은 『고기(古記)』에 실린 내용이다.

옛날 환인(桓因)—제석(帝釋 : 하느님)*—의 아들 웅(雄)이 하늘 아래에 있는 인간 세상에 내려가고 싶어하자 환인은 아들의 뜻을 이해하고 삼위태백*을 내려다본 뒤에 백성에게 골고루 이익[弘益人間]을 줄 수 있는 천부인(天符印) 세 개를 주고 인간 세상에 내려 보내어 백성을 다스리게 하였다.

웅은 3,000명의 부하를 데리고 태백산 정상(지금의 묘향산)에 있는 신단수(神檀樹) 아래 내려와 신시(神市)를 만들었다. 이 사람이 곧 환웅천왕이다. 그는 바람〔風伯〕, 비〔雨師〕, 구름〔雲師〕을 좌우하는 부하를 거느리고 곡식과 목숨과 병과 형벌과 선악 등 인간 세상을 통치하는 데 필요한 360여 가지 조목을 만들었다.

당시 곰과 호랑이가 굴 속에 함께 살았는데, 환웅에게 인간이 되게 해달라고 빌었다. 환웅은 그들에게 쑥 한 줌과 마늘 20쪽씩을 주며 말했다.

"이것을 먹으면서 100일 동안 햇빛을 보지 않으면 인간이 될 것이다."

곰과 호랑이는 그것을 먹고, 삼칠일* 동안 정성을 들였다. 그 결과 곰은 여자로 변했지만 호랑이는 정성을 다하지 못해 사람이

우리나라 건국 신화로 비록 비현실적인 내용이지만, 시조(始祖)의 신성성을 강조한 점은 민족의 자긍심을 높이기 위함이다. 주목할 점은 환인, 제석 등의 용어는 불교에서 나온 것으로 이 신화는 불교가 들어온 뒤에 각색되었음을 알 수 있다.

일연(一然) 1206~89년. 고려 시대의 승려·학자. 호는 무극(無極) 또는 목암(睦庵). 본명은 견명(見明), 자는 회연(晦然) 또는 일연(一然). 시호는 보각(普覺). 경북 경산(慶山) 사람. 속성 김(金). 1214년(고종 1년) 9세에 전라도 무량사(無量寺)에 들어가 학문을 닦다가 1219년 승려가 되었다. 1227년 승과(僧科)에 급제. 1237년 삼중대사(三重大師), 1246년 선사(禪師), 1259년 대선사(大禪師)가 되었다. 1261년 왕명으로 선월사(禪月寺) 주지가 됨. 1268년 운해사(雲海寺)에서 대덕(大德) 100여 명을 모아 대장경낙성회(大藏經落成會)를 조직, 그 맹주가 되었다. 1283년 국존(國尊)으로 추대되고 원경충조(圓經沖照)의 호를 받았다. 한국 고대 신화와 설화 및 향가를 집대성한 『삼국유사』를 썼다.

제석(帝釋) 불교에서 나온 말. 도리천(忉利天)의 지배자가 제석환인(帝釋桓因)으로, 환인이나 제석은 같은 의미로 쓰였다.

삼위태백(三危太伯) 삼위와 태백은 모두 산 이름으로 삼위는 중국에 있고 태백은 우리 나라에 있다.

삼칠일(三七日) 불교 용어로 삼칠일기(三七日忌)의 준말. 부모 형제나 절의 최고 스승인 상아도리(上阿闍梨)가 죽은 뒤 21일에서 77일까지 불경을 외워서 명복을 구한다.

되지 못했다. 곰은 짝이 없어서 늘 박달나무〔檀樹〕 아래 엎드려 아기를 밸 수 있게 해달라고 빌었다. 그러자 환웅이 사람으로 잠시 변신하여 짝을 맺었고 곰은 아이를 낳았다. 그 아이가 뒤에 단군왕검(檀君王儉)이라는 호(號)를 붙이고 왕위에 올랐는데, 때는 바로 요(堯) 임금 당고(唐高)가 즉위한 뒤 50년인 경인년이고—당고 즉위 원년이 무진년(기원전 2333년)이므로 50년 후는 정사년이 맞다. 경인년은 틀린 듯하다.—도읍을 평양성〔지금 서경(西京)〕에 정하였으며 나라 이름을 '조선'이라고 했다. 그 뒤에 백악산(白岳山) 아사달(阿斯達)로 도읍을 옮겼는데 그 지역을 궁홀산〔弓忽山 : 방홀산(方忽山)이라고도 함〕 또는 금미달(今彌達)이라고도 하였다. 단군은 1,500년 동안 나라를 다스렸는데, 주호왕〔周虎王 : 무왕(武王)〕 즉위년인 기묘년에 기자*가 조선에 들어오자 장당경(藏唐京)으로 옮겼다가 뒤에 아사달에 들어가 산신이 되었다. 이 때 그의 나이 1,908세였다.

—『삼국유사』*

『국사고려본기(國史高麗本記)』에 이렇게 씌어 있다.

시조 동명성제(東明聖帝, 기원전 58~기원전 19년)는 성은 고(高)씨이고 이름은 주몽(朱蒙)이다.

이보다 앞서 북부여의 왕 해부루(解夫婁)가 동부여로 도읍을 옮겼고, 죽은 뒤에는 금와(金蛙)가 왕위를 이어받았다. 금와는 태백산 남우발수(南優渤水)에서 한 여자를 만나는데, 그녀는 자신이 물의 신 하백(河伯)의 딸 유화(柳花)로 동생들과 함께 놀러 나왔다가 하느님의 아들〔天帝子〕이라고 자칭하는 해모수(解慕漱)를 만났다고 말했다. 해모수는 유화를 꾀어 웅신산(熊神山) 밑에 흐르는 압록(鴨淥) 물가에 있는 집으로 데리고 가서 정을 통한 뒤에 떠나고 말았다.—『단군기』에 "단군이 서하(西河) 하백의 딸과 정을 통하고 자식을 낳았는데 그 이름이 부루" 라고 씌어 있다. 『국사고려본기』를 보면 해모수가 하백의 딸과 정을 통하여 주몽을 낳았다고 하였고, 『단군기』에는 아들의 이름이 부루라고 하였으니 부루는 주몽과 이복형제가 된다.—어머니, 아버지는 유화가 중매도 없이 남자와 정을 통하였다고 하여 이곳 우발수로 귀양 보내었다고 하였다.

금와는 유화의 말을 듣고 이상히 여겨 집으로 데리고 와서 가두어 두었다. 유화는 햇볕을 싫어해서 늘 해를 피해 다녔지만 해 그림자는 늘 그녀를 따라다니며 비추었다. 뒤에 크기가 다섯 되쯤 되는 알을 낳았는데 왕이 그것을 개와 돼지에게 던져 주었으나 먹지 않았고, 길에 버렸으나 말이나 소도 피해 다녔다. 또 들에 버렸더니 새나 짐승이 와서 깃과 털로 덮어 주었다. 깨어 버리려고 하였

고주몽의 탄생 설화로 더 잘 알려진 이야기다. 난생(卵生) 설화로 동명왕이 하느님의 자손이라는 점을 나타내어 신성성을 부여하고자 했다. 이 글에서 금와는 금개구리를 뜻하고 유화는 노류장화(路柳墻花)의 준말로 기생의 뜻을 내포하고 있으며 웅신산은 곰을 상징하는 산인 듯하며 이로 보아 우리 민족, 특히 북방 민족은 곰을 신성시했다는 것을 짐작할 수 있다. 단군 신화의 발생지도 북방이었음을 아울러 생각해 봄직하다.

으나 깨어지지도 않아 할 수 없이 알을 유화에게 돌려 주었더니 유화는 옷감에 싸서 따뜻한 곳에 놓아 두었다. 드디어 어린아이가 껍질을 깨고 나왔는데 생김 새가 영특하였다. 행동이 비범하여 일곱 살이 되면서는 스스로 활과 화살을 만들었고 목표를 향하여 쏘면 백발백중이었다. 당시 나라에서는 활 잘 쏘는 사람을 '주몽'이라고 했는데 그 아이가 활을 잘 쏘았으므로 그냥 주몽이라고 불렀다.

금와에게는 일곱 아들이 있었는데 주몽과 함께 놀며 자랐지만 기술이나 능 력이 늘 주몽에게 뒤졌다. 맏아들 대소(帶素)가 금와왕에게 말했다.

"주몽은 사람의 자식이 아닙니다. 일찍 없애지 않으면 후환이 될까 두렵습니 다."

왕은 그의 말을 듣지 않고 주몽에게 말을 기르라고 했다. 주몽은 가장 훌륭한 말을 골라 먹이를 덜 주어 여위도록 하고 둔한 말은 잘 먹여 살을 찌웠다. 그러 자 왕은 살진 말을 자신이 타고 여윈 말을 주몽에게 주었다.

당시 왕의 여러 아들은 신하들과 공모하여 주몽을 해칠 계획을 세웠다. 이 사 실을 안 어머니 유화가 주몽에게 말하였다.

"사람들이 너를 죽이려고 한다. 너 같은 재주와 힘으로 어딜 가 무엇인들 못 하겠느냐. 빨리 몸을 피하도록 하여라."

마침내 주몽은 오이(烏伊) 등 세 친구를 데리고 집을 떠났다. 엄수(淹水)라는 곳에 이르렀는데 건널 방법이 없자 물을 향해 외쳤다.

"나는 하느님의 아들이고 하백의 손자이다. 오늘 이렇게 도망을 가야 하는데 뒤쫓아오는 자는 곧 도착할 것이다. 어떻게 하면 좋겠는가?"

그러자 물고기와 자라들이 나와서 징검다리를 만들어 주었다. 그들이 물을 건너자 물고기 징검다리는 저절로 없어져 뒤따르던 추격군이 건너오지 못했다.

그들은 현토군(玄兎郡)의 경계인 졸본주(卒本州)에 이르러 국도를 정했으나 궁궐을 지을 겨를이 없어서 비류수(沸流水) 위에 집을 얽어 놓고 살았다. 그리고 국호를 '고구려' 라 하고 성을 고(高)씨로 정했다. ─본래는 해(解)씨였는데 자신은 하느님의 자식이고 햇볕을 받아 태어났으므로 자신이 가장 높다는 뜻으로 고씨로 바꿨다. ─이 때 주몽의 나이 12세였으며, 한(漢) 효원제(孝元帝) 2년인 갑신년이었다. 고주몽은 스스로 왕위에 올랐고, 뒷날 고려가 전성하던 시대에는 집이 21만 800호나 되었다.

『주림전(珠琳傳)』 21권에 전하기를, "옛날 영품리왕(靈稟離王)을 모시던 계집종이 아이를 배었는데 관상쟁이가 그 여자를 보고 이르기를, '뒷날 뱃속의 아이가 자라서 임금이 되겠습니다.' 했다. 그러자 왕이 이르기를, '그 아이는 내 자식이 아니다. 죽여 버려야겠다.' 하였다. 계집종이 이르기를, '하늘로부터 내려온 기운을 받아 이 아이를 배었습니다." 했다.

드디어 아이가 태어나자 좋지 못한 징조라 하여 돼지우리에 버리니 돼지가 감싸 주고 마구간에 버리니 말이 젖을 먹였다. 결국 아이는 죽지 않고 부여의 왕이 되었다. ─곧 동명왕이 졸본부여의 왕이 됨을 말하는 것이다. 졸본부여도 북부여의 다른 도읍지이므로 그냥 부여왕이라고 한 것이다. 영품리왕은 해부루왕의 다른 칭호이다.

─『삼국유사』

진한(辰韓) 땅은 옛날에 여섯 마을[六村]로 이루어졌는데,

첫째는 알천양산촌(閼川楊山村)으로 남쪽에 있으며 지금 담엄사(曇嚴寺)가 있는 곳이다. 그곳의 추장이 알평(謁平)인데 최초로 표암봉(瓢嵓峰)에 내려왔다. 이 사람이 급량부(及梁部)—신라 노례왕(弩禮王) 9년에 급량부라는 명칭을 붙였다가 고려 태조 천복 5년인 경자년에 중흥부(中興部)로 명칭을 바꾸고 파잠(波潛)·동산(東山)·피상(彼上)·동촌(東村)을 소속시켰음—이씨(李氏)의 시조이다.

둘째는 돌산고허촌(突山高墟村)이다. 추장은 소벌도리(蘇伐都利)인데 형산(兄山)에 내려왔으며 사량부(沙梁部)—양(梁)의 음은 도(道)라고도 하고 탁(涿)이라고도 함—정씨(鄭氏)의 시조이다. 지금은 이곳을 남산부(南山部)라고 하는데 구량벌(仇良伐)·마등오(馬等烏)·도북(道北)·회덕(廻德) 등의 남쪽 마을이 속해 있다.—여기서 지금이라고 한 것은 고려 태조가 설치한 때로 다음에 나오는 '지금'은 다 이 때를 말한다.

셋째는 무산대수촌(茂山大樹村)이다. 그 추장이 구례마(俱禮馬)—구례마(仇禮馬)라고도 함—인데 처음 이산(伊山)—개비산(皆比山)이라고 쓰인 데도 있음—에 내려왔으며, 여기가 점량부(漸梁部)—점탁부(漸涿部)라고도 함—또는 모량부(牟梁部) 손씨(孫氏)의 시조이다. 지금 말하는 장복부(長福部)와 박곡촌(朴谷村) 등 서쪽 마을이 속해 있다.

넷째는 자산진지촌(觜山珍支村)—빈지촌(賓之村)·빈자촌(賓子村)·빙자촌(氷子村)이라고도 함—이다. 그 추장은 지백호(智伯虎)인데 화산(花山)에 내려왔으며 본피부(本彼部) 최씨(崔氏)의 시조이다. 이곳이 지금은 통선부(通仙部)가 되었는데 시파(柴巴)

신라의 건국 신화로 난생 설화에 속한다. 가야 건국 신화에서 9간이라는 아홉 명의 추장이 6가야의 왕을 맞이한 것과 여기서 기술한 6촌의 추장이 박혁거세를 맞이한 것의 의미를 음미해 볼 만하다.

등 동남쪽 마을이 속해 있으며 최치원(崔致遠)은 바로 본피부 사람이다. 지금 황룡사(黃龍寺) 남쪽과 미탄사(味吞寺) 남쪽의 옛 터가 최치원의 고택이라고 하는 것으로 보아 위의 얘기는 분명한 사실이다.

다섯째는 금산가리촌(金山加里村)—금강산 백율사(栢栗寺)의 북쪽 산임—이다. 추장이 지타(祗沱)—지타(只他)라고도 함—인데 명활산(明活山)에 내려왔다. 이곳이 한기부(韓岐部)로 되었는데 한기부 배씨(裵氏)의 시조라고도 한다. 지금 가덕부(加德部)는 상·하서지(上下西知)와 내아(乃兒) 등 동쪽 마을이 속해 있다.

여섯째는 명활산고야촌(明活山高耶村)이다. 추장은 호진(虎珍)인데 금강산에 내려왔다. 습비부(習比部) 설씨(薛氏)의 시조이며, 이곳은 지금 임천부(臨川部)이다. 물이촌(勿伊村)과 잉구며촌(仍仇旀村) 및 궐곡(闕谷)—갈곡(葛谷)이라고도 함—등 동북쪽 마을이 속해 있다.

위의 글을 참고해 보면 이상 여섯 마을의 시조는 하늘에서 내려온 듯하다. 노례왕 9년(신라 제3대 유리왕의 다른 이름, 32년)에 6부의 이름을 바꾸고 성(姓)도 지어 주었다. 속설에는 중흥부가 어머니가 되고 장복부가 아버지이며 임천부가 아들이고 가덕부가 딸이 되었다고 하나 사실 여부는 알 수 없다.

전한 지절 원년(前漢地節元年, 기원전 69년) 임자—옛 책에 건호 원년이나 건원 3년 등으로 쓴 것은 잘못임—3월 초하룻날에 6부의 시조가 각각 자제를 인솔하고 모두 알천(閼川) 언덕에 모여서 의논하였다.

"우리 백성을 다스리는 임금이 없어서, 모든 백성이 안락함에 젖어 자기 욕심대로 행동하니 어서 덕 있는 사람을 임금으로 모시어 나라와 도읍을 세웁시다."

그리고 높은 산에 올라 남쪽을 바라보니, 양산(楊山) 아래 있는 나정(蘿井)이라는 우물 곁에 번개와 같은 이상한 기운이 땅에 내려와 있는데 그것은 흰말 한마리가 꿇어 엎드려 절을 하는 형상이었다. 그곳을 찾아가 조사해 보니 붉은 알—푸르고 큰 알이라고 쓰인 데도 있음—이 하나 있었다. 말이 사람을 보더니 크게 울부짖고는 하늘로 올라갔다.

사람들이 알을 깨보니 잘생긴 사내아이가 나왔다. 놀라고 이상히 여겨 아이를 동천(東泉)—동천사(東泉寺)는 사뇌야(詞腦野)라는 들판 북쪽에 있음—샘물에 데려가 목욕시키자 몸에서 광채가 났다. 그리고 새와 짐승이 달려와 춤을 추고, 하늘과 땅이 진동하였으며, 해와 달이 밝게 빛났다. 그리하여 아이의 이름을 혁거세왕(赫居世王)—이 말은 방언인데 어떤 곳에는 불구내왕(弗矩內王)이라고도 하였다. 이는 세상을 밝게 다스린다는 말이다. 어떤 이는 "이 아이는 서술성모(西述聖母)가 낳은 자식이다. 그리하여 중국 사람들이 선도성모(仙桃聖母)가 어진 사람을 낳아 나라를 세웠다고 찬양하였다는 말이 있다."고 하고, 어떤 이는 "계룡(雞龍)이 상서로운 기운을 나타내어 알영(閼英)을 낳았다."고도 하는데 서술성모가 낳은 것이 아닌지 누가 알겠는가—이라고 하고 왕위의 호(號)를 거슬한(居瑟邯)—거서간(居西干)이라고 쓰인 데도 있는데 이는 아이가 처음 입을 열어 말을 할 때 스스로 자기를 가리켜 말하기를 "알지 거서간(閼智居西干)은 일어난다."고 했기 때문이다. 사람들이 그 말대로 호칭하였으며, 그 뒤로 왕을 존칭하는 말이 되었다.—이라고 하였다. 당시 사람들이 모두 축하하며 이렇게 말했다.

"지금 하느님의 아들이 내려왔으니 덕 있는 여자를 찾아 배필로 정하여 주어야 한다."

그런데 이 날 사량리(沙梁里)에 있는 알령정(閼英井)—아리영정(娥利英井)이라고 쓰인 데도 있다—이라는 우물가에 계룡(雞龍 : 닭이 용으로 변한 것)이 나타나더니 왼쪽 옆구리로부터 여자 아이를 낳았다.—용이 나타나서 죽었는데 배를 가르니 여자 아이가 나왔다는 설도 있음—아이의 얼굴은 매우 아름다웠으나 입술이 닭의 부리같이 생겼다. 촌장들이 아이를 데리고 월성(月城)의 북천(北川)에 가서 목욕을 시켰더니 부리가 떨어져 나갔다. 그리하여 그 내를 '발천(撥川)'

이라고 하였다.

　궁궐을 남산 서쪽 기슭에 세우고―지금의 창림사―이 두 성스러운 아이를 거기에서 키웠다.

　남자 아이는 박과 같이 생긴 알에서 태어났다고 하여 박의 우리말 음과 같은 글자인 박(朴)으로 그 성을 삼았고, 여자 아이는 태어난 우물 이름을 따서 알영이라고 이름지었다. 두 사람이 열세 살이 되던 해인 오봉(五鳳) 원년 갑자년(元年甲子, 기원전 57년)에 혁거세는 왕위에 오르고 알영은 왕후가 되었다. 나라 이름을 서라벌(徐羅伐), 서벌(徐伐)―지금 경(京)자의 방언이 서벌*인 것은 여기서 유래되었음―혹은 사라(斯羅), 사로(斯盧)라고 불렀다. 왕이 처음에 계정(雞井)에서 태어났다고 하여 계림국(雞林國)이라고도 불렀는데 이는 계룡(雞龍)이 좋은 징조를 보여 주었기 때문이기도 하다.

　이와 다른 이야기로는 신라 제4대 탈해왕(脫解王) 때 김알지(金閼智)*를 닭이 우는 숲 속에서 얻어 데려왔으므로 나라 이름을 '계림' 이라고 했다가 뒷날 '신라(新羅)' 로 바꾸었다고 했다.

　박혁거세는 나라를 통치한 지 61년 만에 하늘로 올라갔는데 이레 뒤에 그의 유체(遺體)가 땅 위로 흩어져 떨어졌다. 왕후도 죽자 나라 사람들이 합장을 하려고 하였는데 큰 뱀이 따라다니며 방해를 하므로 각각 머리와 사지의 오체(五體)로 나누어 장사 지내고 다섯 능을 만들었다. 능의 이름을 사릉(蛇陵)이라고도 했으며 담엄사 북쪽에 있다.

　태자인 남해왕(南海王)이 왕위를 계승하였다.
　　　　　　　　　　　　　　　　　　　―『삼국유사』

서울의 유래　서벌(벌은 벌판 곧 들의 뜻)〉셔볼(조선 초기)〉서울(조선 중기 이후)〉서울.

김알지(金閼智)　김씨의 시조. 탈해왕 9년 8월 4일 밤에 호공(瓠公)이 월성 서쪽을 지나다가 시림 숲이 밝게 빛나고 붉은 기운이 하늘에서 내려와서 가 보니 황금 궤짝이 나뭇가지에 걸려 있고 그 밑에서 닭이 울었다. 이 사실을 임금에게 알리고 궤짝을 열어 보니 아이가 누워 있었는데 이 아이가 김알지다. '알지' 는 아기의 옛 방언이다.

가야 건국 신화 · 일연

『가락국기(駕洛國記)』─문묘조대강년(文廟朝大康年 : 고려 문종 시대를 말함)에 금관가야의 한 고을을 맡아보는 지주사(知州事)인 문인이 찬술한 것인데 여기에 요약하여 실음─에 실린 내용이다.

옛날에는 나라의 명칭도 없고 임금도 없었다. 그저 추장(酋長)을 뜻하는 간(干) 아홉 명이 이 지방 주민 7만 5,000명을 나누어 다스렸다. 후한 광무 18년 (42년) 임인년 3월 계욕일*이었다. 이삼백 명의 사람들이 계욕을 하러 모였는데 그들의 북쪽에 있는 구지봉(龜旨峯)에서 부르짖는 듯한 사람 소리가 들려왔다.

"거기에 사람들이 있는가?"

"우리가 있소."

아홉 명의 간이 대답하였다.

"당신네는 어디 사는 사람인가?"

"구지 마을에 사오."

"하느님이 나에게 명하기를 이곳에 새로 나라를 세우기 위하여 임금을 내려 보낸다고 하였소. 그리하여 여기에 일부러 내려왔소. 당신네는 이 산봉우리를 파서 흙을 모으며 이렇게 노래를 부르시오."

거북아, 거북아(龜何龜何)
머리를 드러내어라(首其現也)
드러내지 않으면(若不現也)
구워서 먹겠다(燔灼而喫也)

"이렇게 하며 춤추면 대왕을 만날 것이니, 기쁜

가야의 건국 신화로 당시 6개 고을의 추장이 통치자를 맞이하기 위한 행사에 샤머니즘이 담긴 노래를 불렀음을 알 수 있다. 여기서도 알을 숭배하는 사상을 엿볼 수 있는데 새의 알 대신 거북의 알은 연중에 지명인 구지봉으로 나타내 보인 듯하다. 노래 내용으로 보면 머리를 내어 놓지 않으면 구워 먹겠다고 협박을 하는 듯하지만 하느님의 힘을 빌려 거북에게 신기로운 알을 빨리 낳아 달라고 기원한 것 같다. 「영신군가(迎神君歌)」라고도 한다.

계욕일(禊浴日) 사람들이 개울에 나가 겨울 동안 긴 때를 씻어 버리면 그 해의 액운을 쫓는다는 날.

마음으로 뛰고 춤추시오."

아홉 간들은 그 말대로 즐겁게 노래 부르고 춤을 추었다. 조금 있다가 하늘을 쳐다보니 붉은 끈이 내려오고 있었다. 끈이 내려온 곳을 찾아가니 금 궤짝이 붉은 보자기에 싸여 있었고 궤짝에는 해같이 둥근 황금알 여섯 개가 들어 있었다. 모두 놀라고 기쁜 마음으로 궤짝을 가져와 아도간(我刀干)의 집 탁자 위에 올려놓고 열흘이 지난 뒤에 다시 모여 궤짝을 열어 보니 여섯 개의 알이 여섯 명의 사내 아이로 바뀌어 있었다. 그들을 평상에 앉힌 뒤에 모든 사람이 절하고 맞이하였다. 그들은 눈동자가 두 개로 날마다 몰라보게 자라서 십여 일이 지나자 키가 9척이나 되었으며 얼굴은 용을 닮았고 눈썹에 여덟 가지 광채가 났다.

그 중 한 아이가 보름날 왕위에 올랐다. 이름을 '수로(首露)'라고 했는데 이는 처음에 나왔다고 하여 붙은 이름이다. 죽은 뒤에 '수릉(首陵)'이라는 시호를 받았으며, 그가 통치한 국가는 대가락(大駕洛) 또는 가야국(伽耶國)이라고 했는데 곧 6가야 중 하나이다. 나머지 다섯 아이는 각각 다섯 가야의 임금이 되었는데 동쪽은 황산강(黃山江), 서남쪽은 창해(滄海), 서북쪽은 지리산(智異山), 동북쪽은 가야산, 남쪽은 나라의 끝까지를 국경으로 하여 임시로 궁궐을 만들어 통치하였다. 그러나 궁궐을 지을 때 검소하게 하기 위하여 띠풀로 이은 지붕의 끝을 가지런히 베지 않았으며 석자 높이로 흙 계단을 쌓았다. (후략)

—『삼국유사』

수로 부인 · 일여 ·

신라 제33대 성덕왕(재위 702~737년)대에 순정공(純貞公)이 강릉 태수로 부임하는 중이었다. 행차가 바닷가에 이르러 점심을 먹는데 곁에는 천길 높이의 바위가 병풍처럼 둘러 있었고 그 바위 절벽 위에는 진달래꽃이 활짝 피어 있었다. 순정공의 부인 수로(水路)가 좌우를 둘러보며 말했다.

"누가 저 꽃을 꺾어 올 수 있을까?"

"저기는 사람이 올라갈 수가 없습니다."

수행하는 사람들이 말했다. 그 때 마침 소를 끌고 지나가던 한 늙은이가 부인의 말을 듣고 절벽에 올라가서 꽃을 꺾어다 바치며 노래를 불렀다.

붉은 베 걸린 듯한 깎아지른 바위 끝에(紫布巖乎邊希)

손에 잡고 있던 암소 고삐 놓고(執音乎手母牛放教遣)

　　　나를 시키지 않아(吾肹不喩)

　　　부끄러운 마음으로(慚肹伊賜等)

　　　꽃을 꺾어다가(花肹折叱)

　　　바치나이다.(可獻乎理音如)

그러나 그 늙은이가 어디 사람인지는 모른다.

행차가 이틀쯤 더 가서 바닷가 정자에서 점심을 먹는데 바다에서 용이 나오더니 부인을 납치해 바다로 들어갔다. 순정공이 뒤따라갔지만 부인을 구해 낼 방법이 없었다. 그 때 또 노인이 나타나 이렇게 일렀다.

"옛말에 이르기를, '많은 사람이 떠들어 대면 금도 녹인

신라 성덕왕 때 이야기로 순정공이 강릉 태수로 부임해 갈 때 부인 수로에게 일어난 사건의 기록이다. 견우 노옹이 꽃을 꺾어다 바치며 부른 「헌화가」는 노인의 기사 정신을 노래한 향가의 한 작품이며, 「해가사」는 창작 동기나 내용이 모두 독립된 이야기이기는 하나 가야왕을 맞이할 때 부르던 「구지가」와 비슷하므로 그 작품의 발전된 형태라고 할 수 있다.

다' 고 하는데, 지금 저 바닷속 짐승이 사람들의 소리를 두려워하지 않겠소? 이 지방 사람들을 모아 막대기로 바닷가 언덕을 두들기며 노래를 지어 부르면 부인이 돌아올 것이오."

순정공은 노인의 말대로 「해가사(海歌詞)」를 지어 부르게 하였다.

거북아 거북아, 수로를 내놓아라(龜乎龜乎出水路)

남의 부녀자를 납치해 가는 것이 얼마나 큰 죄냐(掠人婦女罪何極)

네 만일 이치를 거스르고 내놓지 않으면(汝若悖逆不出現)

그물로 너를 잡아다가 구워 먹으리(入網捕掠燔之喫)

이 노래를 부르자 과연 용이 바다에서 부인을 데리고 나와 돌려보내 주었다. 부인은 바닷속에서 겪은 일을 들려주었다.

"바닷속에는 일곱 가지 보배로 장식한 궁전이 있는데 거기에서 주는 음식은 달고 향기로워서 인간 세상의 음식과는 달랐소."

실제로 부인의 옷에서는 인간 세상에서는 맡을 수 없는 이상한 향기가 풍겼다.

수로 부인은 얼굴이 너무 아름다워서 깊은 산 속이나 바다를 지날 때 귀신에게 납치를 잘 당하였다.

—『삼국유사』

신라 제8대 아달라왕(阿達羅王, 재위 154~184년) 4년 정유년이다. 동해가에 연오랑(延烏郞)과 세오녀(細烏女) 내외가 살았다. 어느 날 연오랑이 바다로 미역을 따러 갔는데, 갑자기 바다에서 바위 하나가 떠오더니 그를 싣고 일본으로 건너갔다. 많은 일본 사람이 그 광경을 보고 연오랑이 평범한 사람이 아니라고 생각하여 그를 왕으로 모셨다. ―『일본제기(日本帝記)』에 이르기를 "일본에는 신라 사람을 왕으로 모신 일이 없는데 아마 이는 일본 국경 지방에 있는 조그마한 고을의 왕일 것이고 일본 전체의 왕은 아니다." 라고 하였다.

연오랑이 떠난 뒤 세오녀는 남편이 돌아오기를 기다렸으나 끝내 돌아오지 않자 이상히 생각하여 사방을 돌아보니 남편의 신발이 바위에 있었다. 바위에 올라갔더니 바위는 또 그 여자를 태우고 일본으로 건너갔다. 일본인들은 이 놀라운 사실을 왕〔延烏郞〕에게 말했고 왕은 세오녀를 맞이하여 여러 부인 중 하나인 귀비(貴妃)로 삼았다.

이 때 신라에는 해와 달이 밝은 빛을 잃었다. 하늘의 기운을 살피는 벼슬아치〔日官〕가 "해와 달의 정령이 우리 나라에 내려 왔다가 지금 일본으로 건너갔기 때문에 이런 괴이한 일이 일어났습니다." 라고 말하였다. 그러자 신라 왕이 일본에 특사를 보내어 두 사람에게 돌아오도록 명하니, 연오랑이 이르기를, "내가 이 나라로 온 것은 하늘의 명이었소. 어찌 돌아갈 수 있겠소. 그러나 나의 부인이 짠 베 중에 올이 가는 비단을 줄 터이니, 이것을 가져다가 하늘에 제사 지내면 변고가 풀릴 것이오." 하고 비단을 주었다.

특사가 돌아와 그의 말을 아뢰고 제사를 지내니 해와 달이 예

동해 바닷가에 살던 부부가 바위를 타고 일본으로 건너가 그곳 왕이 되었다고 한 것으로 보아 일본의 건국 신화에 속한다. 그러나 일본 사적에는 없는 사실이고 우리 나라에서는 영일현이라는 지명이 전해지므로 전설이라 함이 타당하다.

전같이 밝아졌다. 그 뒤 그 비단을 임금의 창고에 갈무리하여 두고 국보로 귀히 여겼으며 그 창고를 '귀비고(貴妃庫)' 라고 불렀다. 또 하늘에 제사 지내던 곳을 '영일현(迎日縣)' 또는 '도기야(都祈野)' 라고 했다.

—『삼국유사』

서동 설화 · 일연 ·

백제 제30대 무왕*(재위 600~641년)의 이름은 장(璋)이다. 그의 어머니는 신라 서울 남지(南池) 가에 집을 짓고 살았는데 남지의 용과 정을 통한 뒤에 그를 낳았다. 어릴 때 이름은 서동(薯童)인데 엉뚱한 데가 있었다. 일찍이 마를 캐어다가 그것을 팔아 생계를 유지하였으므로 그 지방 사람들이 '서동' 곧 '맛동'이라고 이름을 붙여 주었다.

서동은 신라 진평왕의 셋째 공주 선화(善花, 善化)가 둘도 없이 아름답다는 말을 듣고 머리를 깎고 서울로 올라왔다. 마을의 어린이들에게 마를 나누어 주며 환심을 샀으며, 동요를 지어 아이들에게 가르쳐 주어 부르도록 하였는데 그 노래는 다음과 같다.

선화공주님은(善化公主主隱)
남모르게 시집가 놓고(他密只嫁良置古)
밤에 서동의 방을(薯童房乙夜矣)
몰래 안고 간다(卵乙抱遣去如)

동요는 서울에 널리 퍼졌고 마침내 궁중에까지 노래 소리가 들어갔다. 조정의 많은 신하가 왕에게 간쟁하여 결국 공주는 먼 지방으로 귀양을 가게 되었다.

공주가 귀양을 떠나던 날 왕후는 밑천으로 순금 한 말을 마련해 주었다. 공주가 귀양 터로 가는 도중 서동은 공주에게 절을 올리고 행차를 호송하겠다고 하였다. 공주는 비록 그가 어디에서 온 누군지는 모르나 믿

무왕의 출생을 보면 분명히 신화다. 그러나 선화공주와의 사이에 있었던 에피소드로 보아 전설이라고도 할 수 있다. 또 백제를 중흥시킨 무왕은 선화공주로 말미암아 신라와 손을 잡고 나라를 발전시키는 데 힘을 모을 수 있었다는 사실도 알 수 있다. 아니면 서동으로 가장한 왕자가 신라의 공주를 꾀어낸 것이 백제의 전략이었는지도 모를 일이다.

무왕(武王) 고본에는 무강(武康)이라고 되어 있는데 백제에는 무강이 없기 때문에 이는 잘못된 것임.

고 좋아하게 되었고, 서동과 공주는 함께 가는 동안 정을 통하였다. 뒤에 그가 서동임을 안 공주는 동요가 거짓이 아님을 깨달았다.

공주가 백제에 이르러 어머니가 준 금을 내놓으며 생활할 계획을 세우려고 하자 서동이 웃으며 말했다.

"이게 무엇이오?"

"황금입니다. 이것만 가지면 백 년 동안 부자로 살 수 있습니다."

공주의 말을 들은 서동은 이렇게 말했다.

"내가 어릴 때 마를 캐다가 이것이 진흙 속에 많이 묻혀 있는 것을 보았소."

공주가 놀라 말하였다.

"이것은 천하에 가장 훌륭한 보물입니다. 이것이 있는 곳을 안다면 부모님이 있는 궁궐에 가져다 주는 것이 어떻겠습니까?"

"좋소."

서동이 이렇게 대답하고 금을 찾아 모으자 언덕처럼 많이 쌓였다. 그는 용화산(龍華山)에 있는 사자사(師子寺)의 지명법사(知命法師)를 찾아가 금을 신라의 궁궐로 보낼 방법을 물었다. 법사가 말했다.

"내 신기로운 도술로 보내 줄 터이니 금을 가져오게."

공주는 편지를 쓰고 서동은 금을 옮겨다가 사자사 앞에 쌓았다. 지명법사는 도술로 금을 하룻밤 사이에 신라 궁궐로 옮겼다. 진평왕은 그 신기한 도술을 기이하게 여겨 법사를 존경하게 되었고 자주 편지를 보내어 서동의 안부를 물었다. 이리하여 서동은 인심을 얻었고 드디어 백제의 왕위에 올랐다.

어느 날 왕과 부인이 사자사에 가려고 용화산 밑에 있는 큰 못가에 이르니 미륵삼존불(彌勒三尊佛)이 못에서 나와 임금의 수레 앞에서 축하를 드렸다. 부인이 왕에게 일렀다.

"여기다가 큰 절을 하나 지어 주십시오."

왕이 허락하고는 지명법사에게 못을 메우는 방법을 물었다. 그러자 지명법사는 신비스런 힘을 발휘하여 하룻밤 사이에 산을 허물어 못을 메워 평지로 만들고 법상미륵(法像彌勒) 세 개와 회전(會殿)과 탑(塔), 낭무(廊廡) 각각 세 개씩을 세웠다. 그리고 그 편액에 '미륵사(彌勒寺)'라고 써 붙였다.―『국사』에는 왕흥사(王興寺)라고 되어 있음―진평왕은 많은 건축 기술자를 보내어 공사를 도왔는데 그 절은 지금까지 남아 있다.―『삼국사기』에는 무왕이 법왕의 아들이라고 씌어 있는데 여기서는 홀어머니의 자식이라고 하였으니 어느 것이 옳은지는 알 수 없다.

―『삼국유사』

앞의 줄거리는 다음과 같다.

옛날 의상법사(義湘法師)가 동해 바닷가 굴 안에서 두 개의 보주(寶珠)를 얻었는데 낙산사를 지어 안치하였다. 뒷날 해마다 산불이 나서 절이 온통 타 버렸지만 이 보주를 모신 성전은 타지 않았다. 그러다가 전쟁이 일어나서 적군이 양주성(襄州城)을 함락하자 낙산사 주지승 아행이 보주를 가지고 피신하였으나 사태가 급박해지자 절의 종 걸승(乞升)이 보주를 땅에 묻었다. 그 뒤 1년이 지나 갑인년 12월에 전쟁이 끝나고 주지승은 죽어 걸승이 보주를 파내어 명주도(溟州道 : 강릉) 감창사(監倉使) 이록수(李祿綏)에게 바쳤다. 그 뒤부터는 감창사 주지가 이 보주를 관리하였다. 그러다가 감창사의 청으로 신라의 궁궐에 봉안하였다가 다시 세규사(世逵寺)—지금의 홍교사(興敎寺)—의 장사(莊舍 : 중이 공부하는 방)에 봉안하였다.

이 절은 명주의 내이군(柰李郡)에 있었다.—『지리지(地理志)』에 따르면, 명주군에는 내이군은 없고 내성군(柰城郡)이 있는데, 이는 본래 내생군(柰生郡)으로 지금의 영월(寧越)을 말한다. 또 우수주 영현(牛首州領縣)에 내령군(柰靈郡)이 있는데 이는 본래 내이군(柰已郡)으로 지금의 강주(剛州)이다. 곧 우수주는 지금의 춘주(春州 : 춘천)인데 여기서 말하는 내이군(柰李郡)은 어디를 가리키는지 모르겠다.—이 절의 중 조신(調信)이 나라의 명으로 이 장사를 지키게 되었는데, 그러던 중에 그 지방 수령인 김흔(金昕)의 딸을 사랑하게 되어 여러 번 낙산사에 나아가 낙산대비(洛山大悲 : 의상법사가 안치한 소

낙산의 상대와 낙산사에 얽힌 전설과 꿈속에서 경험한 삶이 묘사되어 있는 설화이다. 불교에 몸을 담고 있는 승려가 속세의 처녀를 사모한 나머지 꿈속에서 그 처녀와 결혼한 뒤에 아내를 낳고 잘 살아 보려고 했으나 가난을 이기지 못해 결국 아내와 결별하고 다시 불도에 귀의한다는 내용으로 인간 생활의 고통을 불교 교리로 극복해야 한다는 이야기다.

상)를 향하여 자신의 사랑이 이루어지게 해달라고 빌었다. 그러나 수년 뒤에 그 여자는 다른 사람에게 시집가고 말았다. 조신은 낙산대비 앞에 꿇어 엎드려 소원을 들어 주지 않은 것을 원망하다가 그 자리에 엎드려 잠이 들었다.

문이 열리더니 김씨 아가씨가 조용히 들어와서 하얀 이를 드러내며 미소짓고 말하였다.

"저는 일찍이 스님을 잠깐 본 뒤로 마음속으로 사모하여 잠시도 잊어버린 적이 없습니다. 부모님의 명을 어길 수가 없어서, 어쩔 수 없이 다른 데로 시집가기는 하였으나 저는 죽어도 스님과 같이 살고 싶어서 이렇게 왔습니다."

조신은 너무도 감격하고 기뻐서, 그만 그 여자를 데리고 장사를 떠나 고향으로 돌아갔다. 그리하여 함께 산 지 40여 년 만에 자식을 다섯이나 낳았는데 집이 가난하여 끼니라고는 나물죽도 먹을 수가 없었다. 고향을 떠나 십여 년 간을 사방으로 떠돌아다녔으나 가난에서 벗어날 수가 없었으며, 입고 있는 옷은 살을 가릴 수가 없을 정도로 누더기가 되었다. 그들이 명주 해현령(溟州蟹縣嶺 : 게고개)을 넘는데, 큰 아이가 그만 배고픔을 견디지 못해 죽고 말았다. 그는 울며 죽은 아들을 길가에 묻은 뒤, 나머지 식구를 거느리고 우곡현(羽曲縣)─지금의 우현(羽縣)─에 이르러 길 옆에 띠풀로 집을 짓고 정착하려고 하였다. 그러나 이미 부부는 너무 늙은데다가 몹시 굶주려 일어날 기력조차 없었다. 열 살 된 딸아이가 밥을 빌러 마을에 들어갔다가 사나운 개에게 물려 집으로 돌아와 고통을 호소하며 일어나지도 못했다. 부부는 한숨 지으며 울다가 아내 김씨가 눈물을 닦고 결연한 태도로 말했다.

"내가 처음 당신을 만났을 때는 나이도 어리고 얼굴도 예뻤으며 옷도 고운 것으로 입었습니다. 그리하여 맛있는 음식이 있으면 당신과 나누어 먹었고, 따뜻한 옷이 있으면 나누어 입었지요. 이렇게 함께 산 지 50여 년 만에 정은 깊을 대로 깊어 이제는 서로 떨어질 수 없는 지경에 이르렀으니 우리의 인연은 끊을 수 없을 만큼 깊습니다. 그러나 요즘 들어 나이 많아 쇠약해지고 병까지 점점 깊어 갈 뿐 아니라 가난은 날이 갈수록 더하여만 갑니다. 게다가 사람들은 곁방 살이할 방이나 간장 한 종지도 주려고 하지 않아요. 집집마다 다니며 빌어먹어야 하는 수치스러움도 무겁기가 산과 같아요. 자식들이 아무리 춥고 배고프다고 졸라대도 살려 줄 방법이 없어요. 이런 와중에 언제 부부끼리 사랑을 나눌 기회가 있단 말입니까. 젊은 날의 환한 웃음은 풀 끝에 맺힌 이슬처럼 사라지고 달콤한 약속은 바람에 날리는 버들강아지처럼 흩날려 가고 말았습니다. 이제 당신에게는 내가 짐이 되고, 나도 당신 때문에 근심만 많아질 뿐이에요. 가만히 생각해 보니 옛날 우리가 서로 좋아했던 것이 이렇게 된 계기가 된 것 같아요. 당신이나 나나 어쩌다가 이 지경이 되고 말았을까요. 여러 마리의 새가 함께 굶어죽는 것보다 차라리 한 마리 짝 잃은 난새가 되어 거울을 들여다보며 외로움을 달래는 것이 나을지 어찌 알겠어요. 어렵고 춥다고 해서 버리고, 따뜻하고 좋은 환경이 되어야 함께 산다는 것은 인정상으로 못할 일이지만, 인간의 운명은 사람이 좌우할 수 없는 일, 만나고 헤어지는 것도 모두 운수에 달렸으니 나는 이제 당신을 떠나려고 합니다."

조신은 그 말을 듣자 오히려 마음이 홀가분해졌다. 그들은 각기 아이 둘씩을 데리고 헤어지기로 했다. 그 때 아내 김씨가 이렇게 말했다.

"나는 이 길로 나의 고향으로 돌아가려 합니다. 당신은 남쪽으로 가십시오."

조신은 아내의 손을 놓고 돌아서다가 문득 정신이 들었다. 꿈이었다. 그의 앞에는 꺼져 가는 등불이 하늘하늘 춤추고 있었으며 시각은 한밤중이 가까워졌다.

다음날 아침이 밝아 자신의 모습을 들여다보니 머리털과 수염이 하얗게 세어 있었다. 그는 이미 세상에 대한 미련이 없었으며, 꿈속의 인생살이가 너무도 고단했던 나머지 세상에 대한 욕망도 얼음처럼 녹아 버렸다.

그는 참회하는 마음으로 낙산대비의 얼굴을 쳐다보고는 해현으로 달려갔다. 꿈속에 그렇게 슬픈 마음으로 묻었던 큰 자식의 무덤을 파 보니 돌로 된 미륵불이 묻혀 있었다. 그것을 깨끗이 씻어다가 이웃에 있는 절에 안치하고 신라의 수도 경주로 올라가서 장사를 지키는 소임을 사직하고 사재를 털어 정토사(淨土寺)를 지었다. 그리고는 부지런히 남을 위해 좋은 일을 하였다. 언제 죽었는지는 모른다.

　　후세 사람이 이렇게 말하였다.

　　"이 글을 읽고 책을 덮은 뒤에 자세히 생각해 보면 조신의 꿈만 이러하지는 않으리라는 것을 깨달을 것이다. 지금 우리가 알고 있는 인생의 낙이라는 것이 기쁨과 괴로움으로 되어 있는 것이다. 다만 그것을 깨닫지 못할 뿐이다."

　　그러고는 노래를 지어 이렇게 훈계하였다.

즐거운 시간은 빨리 지나지만 뜻은 한가롭고,

남몰래 하는 근심 속에 젊은 얼굴은 늙어가네.

덧없는 꿈 다시 꿀 필요는 없지.

괴로운 인생, 그저 한순간의 꿈인 것을.

자신을 다스리는 데 성의를 앞세워라.

홀아비는 예쁜 계집을, 도둑은 남의 재물을 꿈꾸는 걸.

가을밤 어떻게 맞이하여 좋은 꿈꿀까?

때때로 눈을 감아 좋은 세상 찾아가세.

—『삼국유사』

지은(知恩)이라는 효녀는 한기부(韓岐部) 백성 연권(連權)의 딸이다. 어려서 아버지를 여의고 혼자 남은 어머니를 정성을 다해 섬기느라고 나이 서른두 살이 되도록 시집도 못 갔다. 집이 가난하다 보니 늘 먹을 것이 모자라서 때로는 남의 품팔이도 하고 때로는 남의 집을 찾아다니며 구걸도 하였지만 곤궁한 신세는 면할 도리가 없었다. 그래서 어느 부잣집의 종이 되기로 하고 쌀 열 섬을 몸값으로 받아 왔다. 그러고는 날마다 낮이면 그 집에 가서 일을 해주고 저녁에 돌아와서 밥을 지어 어머니를 모셨다. 이렇게 한 지 사나흘 되자 어머니가 말했다.

　　"얘야, 그 전에는 음식이 거칠어도 맛이 있었는데, 요즘에는 음식은 부드러운데도 맛이 없고 마음이 칼 끝으로 찌르는 듯이 아프구나. 어째서 그러냐?"

　　지은이 어쩔 수 없이 사실대로 알렸다. 그러자 어머니가 한탄하였다.

　　"나 때문에 네가 남의 종이 되었으니, 내가 살아 무엇하겠느냐? 내가 빨리 죽어야지."

　　그러고는 큰 소리로 울었고, 지은도 어머니를 안고 울었다. 그 울음소리가 집 밖으로 난 길까지 들리자, 마침 화랑 효종랑(孝宗郎)이 지나다가 듣고 그 사실을 알았다. 그는 집으로 돌아가 부모의 허락을 얻어 곡식 백 섬을 지은의 집으로 보내 주고, 또 지은의 주인에게 몸값을 돌려준 뒤에 종의 신분을 벗겨 주었다.

　　그 뒤 화랑도 수천 명이 또 각각 곡식 한 섬씩을 기증하였는데 왕이 그 소식을 듣고 곡식

신라 진성여왕(眞聖女王 : 제위 887∼897년) 때의 이야기.

『삼국사기』와 『삼국유사』에 제목은 다르나 비슷한 내용이 실려 있음. 『심청전』의 모태라고 할 수 있다.

김부식(金富軾) 1075∼1151년. 고려 시대의 문신이며 학자. 본관은 경주. 자는 입지(立之), 호는 뇌천(雷川). 시호는 문열(文烈). 신라 왕실의 후예로서 경주의 주장(州長)인 위영(魏英)의 증손자. 안서대도호부(安西大都護府)의 사록참군사(司錄參軍事)를 시작으로 이후 많은 관직을 거쳤다. 청제건원(稱帝建元)을 주장한 것에 대해 탄핵을 받아 양주방어사(梁州防禦使)로 좌천되었다가 1142년에 사직하였다. 관직에서 물러난 뒤 인종의 명령을 받아 『삼국사기』를 편찬하였다.

500섬과 집 한 채를 내리고 부역과 세금도 면제해 주었다. 또 곡식이 많아서 도둑이 들까봐 관청에 명령을 내려 군대를 파견하여 교대로 그 집을 지키게 하고 그 마을을 '효녀마을〔孝女坊〕'이라고 이름 붙였다. 또 중국 당(唐)나라에도 이 사실을 알렸다.

효종랑은 당시 세 번째 서열인 재상(宰相) 서발한〔舒發翰 : 이벌랑(伊伐湌)이라고도 하며, 신라 진골의 품계〕인경(仁慶)의 아들인데 어릴 때 이름은 화달(化達)이었다. 왕은 그가 아직 나이 어리지만 마음씀이 어른스럽다고 하여 왕의 오빠인 헌강왕(憲康王)의 딸을 그에게 시집 보내었다.

—『삼국사기(三國史記)』

효종랑이 남산 포석정〔飽石亭 : 삼화술(三花述)이라고도 함〕에 가서 친구들과 함께 놀고 있었다. 친구 중 두 사람이 훨씬 뒤에 도착하자 효종랑이 늦은 이유를 물었다.

"분황사(芬皇寺) 동쪽 마을에 스무남은 살쯤 되는 여자가 맹인인 어머니를 끌어안고 울고 있었습니다. 그래서 그 까닭을 물었더니 마을 사람들이 이르기를 '집이 가난한데도 늘 부모님을 잘 모셨는데, 근래 흉년이 들어 먹고 살 방법이 없어지자 부잣집에 가서 일을 해주기로 하고 곡식 서른 섬에 몸을 판 뒤에, 낮에는 그 집에 가서 일하고 저녁이면 돌아와 밥을 지어 어머니를 모셨습니다. 그렇게 한 지 며칠 뒤에 어머니가 말하기를 '그 전의 음식은 거칠어도 마음이 편했는데 요즈음 것은 맛좋은 쌀밥인데도 마음이 편하지 않으니 왜 그러냐'고 하자 딸이 사실대로 알려 주었습니다. 그러자 어머니가 목놓아 울었고 또 딸은 오로지 먹는 것에 구애되어 어머니의 마음을 편히 해드리지 못한 것을 한탄하며 울고 있습니다.' 하였습니다. 그래서 그 광경을 보느라고 늦었습니다."

효종랑이 그 말을 듣고 안타깝게 생각하여 곧 그의 집에 백 섬의 양식을 보내 주고, 효종랑의 양친도 옷 한 벌을 보내었으며 효종랑의 친구인 화랑 천여 명도 곡식 천 섬을 모아 보내 주었다. 이 사실이 임금인 진성여왕에게 알려지자 왕은 곡식 오백 섬과 집 한 채를 내려 준 뒤에 병사를 보내어 그 집을 호위하여 도둑을 막게 하고 그 마을에 정표(旌表)를 내려 '효양마을'이라고 했다. 집은 나중에 절로 바뀌었고 이름을 '양존사(兩尊寺)'라고 하였다.

―『삼국유사』

이 글은 『삼국사기』의 효녀 지은의 이야기를 제목만 달리 해서 『삼국유사』에 실은 것으로 내용이 거의 같다.

(전략) 신라 선덕여왕 11년(642년) 백제가 대량주(大梁州)를 빼앗고 김춘추의 딸 고타소낭(古陀炤娘)과 사위 품석(品釋)을 살해하자 김춘추가 왕에게 고구려에 구원병을 청하여 백제에 원수를 갚겠다고 하니 왕이 허락하였다.

(중략) 김춘추는 훈신(訓信)을 데리고 고구려에 들어갔다. 일행이 신라의 대매현(代買縣)에 이르자 고을 사람 두사지(豆斯支)가 청포(青布) 300자를 주었다. 그들이 고구려 땅에 들어가자 고구려 왕이 태대대로(太大對盧)를 보내어 개금(蓋金)에서 그를 묵게 하고 융숭하게 대접하였다. 어떤 사람이 고구려 왕에게 아뢰었다.

"지금 온 신라의 특사는 평범한 사람이 아닙니다. 우리 지역의 형세를 염탐하기 위하여 왔을지도 모르니 왕께서는 잘 생각하시어 후환이 없게 하소서."

왕은 그럴 듯하게 생각하고 김춘추를 맞이하여 이야기를 나누다가 그가 애매하게 대답하자 말꼬리를 잡아 화를 내며 말했다.

"마목현(麻木峴)과 죽령(竹嶺)은 본래 우리 땅이었는데 신라에서 빼앗지 않았소? 그 땅을 돌려주지 않으면 돌아갈 수 없을 줄 아시오."

김춘추가 대답하였다.

"땅의 문제는 우리 임금께서 알아서 할 일이지 신하인 저로서는 결정할 수 없는 문제입니다. 그러니 신은 그 명령에 따를 수 없습니다."

고구려 왕이 화를 내며 그를 감옥에 가두라고 명하고는 죽일 계획을 세웠다. 그러자 김춘추는 가져 갔던 300자의 청포를 고구려 왕의 측근인 선도해(先道解)에게 뇌물로 바쳤다. 선도해는 김

역사적인 인물에 얽힌 이야기이므로 전설이라고 하는 것이 타당하다.

뒷날 한글 소설 『토끼전』의 기원이 된 작품으로, 당시 고구려에 인질로 잡혀 있던 김춘추에게 고구려의 권신인 선도해가 뇌물을 받고 이 이야기를 해주어 본국으로 돌아가게 해주었다고 한다.

춘추에게 술과 안주를 대접하고 술이 거나하게 취하자 농담삼아 이렇게 말했다.

"당신은 혹시 토끼와 거북이의 이야기〔龜兎之說〕를 들어 보았소?"

그러고는 이야기를 들려주었다.

"옛날 동해를 지배하는 용왕의 딸이 심장에 병이 들었다오. 의사의 말이 토끼의 간을 복용하면 고칠 수 있다고 하였소. 그러나 알다시피 바다에는 토끼가 없으니 어쩔 방법이 없지 않소. 그 때 거북이 한 마리가 용왕에게 말하기를 '제가 구해 드리지요.' 하였다오. 거북은 육지로 올라와서 토끼를 보고 말하기를 '저 바다 가운데 섬이 하나 있는데 경치가 좋고 숲과 과일이 많으며 추위나 더위도 없고 솔개나 야수도 없으니 자네가 만일 거기에 간다면 편안하게 살 수 있을 것일세.' 하고 꾀었다오. 거북이 토끼를 등에 업고 바다로 들어와 2~3마장쯤 갔을 때 토끼에게 이르기를 '지금 용왕의 딸이 병이 들어 토끼의 간이 필요하기 때문에 너를 잡으러 온 것이야.' 하였다오. 그랬더니 토끼가 대답하기를 '그렇다면 안 되었지만, 나는 신기롭고 현명한 조상의 후예로 뱃속에 든 오장(五藏)을 빼었다가 넣었다가 할 수 있는데 며칠 전에 마음이 답답하기에 그 오장을 빼내 씻어 가지고는 바위 밑에 숨겨 놓았네. 그런데 자네가 들려준 달콤한 말에 솔깃하여 그만 간을 내놓은 채로 따라오지 않았겠나. 그러니 빨리 육지로 데려다 주면 나는 간이 없어도 살 수 있으니 그 간을 자네에게 주겠네. 그러면 결국 우리 양쪽이 다 좋은 일 아닌가.' 하였다오. 거북이 그 말을 믿고 토끼를 육지로 돌려보냈더니 토끼는 땅에 내리자마자 풀 숲으로 도망치며 거북을 이렇게 비웃었다오. '이 어리석은 자야, 그래 간을 내놓고 사는 자가 어디 있느냐.' 하였다오. 결국 거북은 아무 말도 못 하고 물러갈 수밖에 없소."

김춘추는 이야기를 다 듣고 난 뒤에 그 이야기가 은유하는 뜻을 이해하고 다음날 고구려 왕에게 편지를 보내었다.

"마목현과 죽령 두 곳은 본래 대왕이 다스리던 땅이니 신이 본국으로 돌아가면 우리 왕에게 아뢰어 돌려드리도록 하겠습니다. 신의 말을 못 믿는다면 저 해를 두고 맹세하겠습니다."

고구려 왕은 편지를 보고 기뻐하였으며, 김춘추가 볼모로 잡히자 김유신이 대대적인 복수를 계획한다는 첩보를 받은 터라 그냥 돌려보내지 않을 수 없었다. (후략)

―『삼국사기』

도미(都彌)는 백제 사람이다. 가난했지만 사람이 지킬 의리는 아는 사람이었다. 그의 아내도 매우 예쁘고 절개가 굳어 그 소문이 사방에 퍼졌다.

　백제 제4대 개루왕(蓋婁王, 재위 128~166년)이 소문을 듣고 도미를 불러서 말했다.

　"보아라, 여자의 덕목은 정조가 으뜸이지만 아무리 그런 여자라 해도 아무도 안 보는 곳에서 달콤한 말로 꾄다면 마음이 변하지 않을 자가 드물 것이니라."

　도미가 대답하였다.

　"사람의 감정을 예측할 수는 없습니다만 신의 처만큼은 아마 죽어도 마음이 변하지는 아니할 것이옵니다."

　왕은 도미의 말을 시험해 보고 싶어서 그를 궁궐 안에 붙잡아 두고 측근 신하에게 왕의 의복을 입힌 뒤에 왕이 타던 말을 태워서 밤에 그의 집으로 보내었다. 그리고 사람을 시켜서 먼저 그의 집에 가서 임금이 온다는 사실을 알리도록 하였다.

　가짜 왕이 와서 이렇게 말했다.

　"나는 네가 예쁘다는 말을 오래전부터 들었다. 그리하여 도미를 궁궐에 불러들인 뒤에 내기를 하여 너를 내 소유로 만들었다. 너는 내일부터 궁중에 들어가서 궁인이 되리라."

　곧이어 도미의 처와 정을 통하려 하자 그녀가 이렇게 말하였다.

　"임금님께서 어찌 거짓말을 하시겠습니까? 그리고 제가 어찌 감히 임금님의 명령을 거역하겠습니까? 바라건대 임금님께서

　글의 내용으로 보면 민담에 속하지만 개루왕이라는 역사적 인물과 관계가 있으므로 전설이라고 하는 것이 타당하다. 사랑의 소중함과 여자의 정조를 강조한 내용으로, 뒷날 한글 소설 『춘향전』의 기원이 되었다고 할 수 있다.

먼저 방에 들어가 계시면 제가 옷을 바꾸어 입고 나오겠습니다."

도미의 처는 다른 방으로 들어가서 여종을 곱게 꾸며 가짜 왕을 모시도록 하였다.

뒷날 이 사실을 안 왕은 화가 나서 도미에게 죄를 뒤집어씌워 두 눈을 뽑은 뒤에 작은 여울에 띄워 보냈다. 그리고 그의 처를 붙잡아다 강제로 정을 통하려 하니 그녀가 말했다.

"이제 남편을 잃었으니 저 혼자 어떻게 살겠습니까? 게다가 임금께서 저를 원하시는데 어찌 감히 거절하겠습니까. 하지만 저는 지금 월경 중이라서 몸이 더럽습니다. 며칠 지난 뒤에 깨끗이 목욕을 하고 모시겠습니다."

왕이 그 말을 믿고 그렇게 하라고 하자 그녀는 남몰래 강가로 도망쳐 나왔다. 강을 건너려고 하였으나 배가 없어서 하늘을 바라보며 울부짖자 갑자기 빈 배한 척이 바람을 따라 떠내려 왔다. 그 배를 타고 천성도(泉城島)에 이르러, 풀뿌리를 캐먹으며 아직 죽지 않고 살아 있는 남편을 만나 함께 배를 타고 고구려 말산(萻山) 아래 이르렀다. 고구려 사람들이 불쌍히 여겨 그들 내외에게 옷과 양식을 주었으나 평생을 나그네 신세로 구차스럽게 살았다.

—『삼국사기』

온달(溫達, ?~590년)은 고구려 평강왕(平岡王) 때 사람이다. 얼굴이 못생겨서 사람들에게 비웃음을 당했지만 성격은 매우 활달하였다. 집이 가난하여 밥을 빌어 어머니를 봉양하였고 해진 옷, 찢어진 신발을 신고 사람이 많이 모이는 저잣거리를 돌아다니니, 사람들이 그를 바보 온달이라고 불렀다.

평강왕의 딸이 어릴 때 늘 잘 울었는데, 왕이 우스갯소리로 딸을 달래었다.

"공주야, 늘 그렇게 시끄럽게 울면 커서 바보 온달에게 시집보낸다."

공주가 열여섯 살이 되자 왕은 딸을 상부* 고씨(高氏)에게 시집보내려고 하였다. 그러자 공주가 말했다.

"아버님께서 늘 온달에게 시집가라고 해놓으시고는 지금 와서 왜 말씀을 바꾸십니까? 그냥 평범한 사람도 거짓말을 하면 안 되는데, 한 나라의 임금이신 아버님께서 거짓말을 해서 되겠습니까? 저는 명령을 따를 수 없습니다."

임금이 화가 나서 말했다.

"내 명령을 거역한다면 딸로 여기지 않겠다. 그러니 고집대로 하려거든 당장 궁궐을 떠나거라."

공주는 가지고 있던 비녀 수십 개를 가지고 궁에서 나와 길을 떠났다. 온달의 집을 물어물어 찾아갔는데 집에는 눈먼 온달의 어머니만 있었다. 어머니에게 절을 올리고는 온달이 어디 갔느냐고 물었다. 그러자 어머니가 대답하였다.

"내 자식은 가난하고 추하오. 그러니 당신 같은 귀하신 몸이 가까이할 사람이 아니오. 지금 풍기는 향기로운 화장품 냄새와 매끄러운 손을 보니, 이 세상에서 드문 귀인임이 틀림없소. 누구의 말을 듣고 예까지 왔소. 내 자식은 지금 주

온달 이야기 · 김부식

아무리 바보 같은 사람이라도 남에게는 없는 자신만의 장점이 있으며 그 장점을 발전시키면 장래에 훌륭한 사람이 될 수 있다는 교훈을 주는 전설. 인간 평등 사상도 엿볼 수 있다.

상부(上部) 고구려에는 관노부, 계루부, 연노부, 순노부, 절노부의 5개 부가 있었는데 상부는 순노부에 해당함.

린 배를 채우려고 느릅나무 껍질을 벗기러 산에 들어간 지 오래되었는데 아직도 돌아오지 않았소."

공주가 집을 나와 산밑에 이르니, 온달이 느릅나무 껍질을 등에 지고 내려오고 있었다. 공주는 다가가 찾아온 사연을 이야기했다. 온달이 놀란 표정으로 말했다.

"당신의 말을 들으니, 나이 어린 여자가 할 행동이 아닐 듯하오. 틀림없이 귀신 아니면 여우가 사람으로 변한 것 같소."

온달은 더는 말 상대하지 않고 집으로 돌아갔다. 공주는 뒤를 따라가서 사립문 밖에 앉아 밤을 세웠다. 다음날 날이 밝자 다시 집안으로 들어가 온달 모자에게 자신의 결심을 간곡히 이야기했다. 그래도 온달은 그의 말을 믿으려고 하지 않았다. 어머니가 말했다.

"내 자식이 저리 못생겨 귀인의 짝이 될 수 없을 뿐 아니라 살림도 가난하니 이곳은 귀인이 살 곳이 못 되오."

공주가 대답했다.

"한 말 곡식도 좋고 한 자쯤 되는 베라도 좋습니다. 마음만 맞으면 저에게는 부자도 귀한 자도 필요 없습니다."

결국 공주는 온달과 결혼을 했고 가지고 온 금비녀를 팔아서 집과 논밭과 종과 소를 샀다. 또 온달에게 돈을 주며 말을 한 필 사 오라고 하면서 이렇게 부탁하였다.

"저잣거리에 나온 말을 사지 말고 여위고 병들었지만 궁 안에서 기르던 말이 나오거든 사 오십시오."

온달이 과연 나라에서 내다 판 병든 말을 사오자 공주는 그 말을 정성껏 간호하고 돌보았다. 말은 하루가 다르게 건강해지고 살이 올랐다.

고구려에서는 매년 봄 3월 3일이 되면 낙랑(樂浪) 고을의 구릉지에서 사냥을 하는데, 그 때 잡은 멧돼지나 사슴으로 하늘과 산천의 신에게 제사를 올리는 풍속이 있었다. 왕이 직접 사냥을 나오는데 여러 신하와 오부(五部)의 병사들이 모두 따라왔다.

이 때 온달도 말을 타고 사냥을 따라 나갔는데 늘 앞장서서 달리며, 사냥하여 잡은 짐승도 다른 사람의 추종을 불허할 정도로 많았다. 왕이 그를 불러 이름을 물었다. 온달이라고 하자 왕은 놀라고 기특히 여겨 그를 장수로 발탁하였다.

당시 후주(後周)의 무제(武帝)가 군대를 몰고 요동을 치러 왔는데 고구려 왕이 직접 군대를 거느리고 적군을 맞이하여 배산(拜山)의 들판에서 싸웠다. 이 때 온달이 선봉장이 되어 적진에 쳐들어가서 적군 수십여 명을 베었다. 그러자 모든 군대가 힘을 얻어 거세게 몰아치니 적은 크게 패하여 도망치고 말았다. 그 다음에 전공을 따지는데 온달의 공이 제일이라는 데 모두 이의가 없었다. 왕이 그를 칭찬하며 말했다.

"네가 진정 내 사위로구나."

그러고는 나라의 예에 맞게 그들 내외를 받아들이고, 그에게 대형(大兄)이라는 벼슬을 내렸다. 그 때부터 온달은 임금의 특별한 은총을 받으며 날로 위세가 높아 갔다.

뒷날 양강왕(陽岡王 : 영양왕)이 왕위에 오르니 온달이 아뢰었다.

"신라가 우리 한북(漢北)의 땅을 빼앗아 자기들의 고을로 만드니, 백성들이 부모의 나라를 빼앗겼다고 원통히 생각합니다. 바라건대 대왕께서 이 불초한 사람에게 병사를 내어 주시면 그 땅을 돌려받아 오겠습니다."

왕이 그의 말대로 병권을 주자 떠나기에 앞서 이렇게 다짐하였다.

"계립현(鷄立峴)과 죽령(竹嶺) 서쪽 지방을 찾지 못하면 돌아오지 않겠습니다."

그 뒤 온달은 아단성(阿旦城) 아래에서 신라군과 싸우다가 화살을 맞고 돌아오는 도중에 죽었는데, 시체를 장사 지내려고 하였으나 영구(靈柩)가 움직이지 않았다. 공주가 관을 어루만지며 이렇게 속삭였다.

"사생(死生)은 결정되었습니다. 어서 돌아가십시오."

그러자 관이 들려서 무덤에 묻을 수가 있었다. 왕이 그 말을 전해 듣고 매우 슬퍼하였다.

—『삼국사기』

🐟

　　지귀(志鬼)는 신라 활리역(活里驛) 사람이다. 신라 제27대 선덕여왕(재위
632~647년)의 아름다움을 사모하여 늘 마음속으로 애태우니 얼굴이 점점 여
위어 갔다. 선덕여왕이 절에 행차하여 분향한 뒤에 지귀의 소문을 듣고 그를
불러 위로한 뒤에 돌려보냈다. 지귀는 돌아가다가 절 근처에 있는 탑 아래서
여왕이 돌아가는 행차를 바라보다가 그대로 잠이 들어 버렸다. 그 때 여왕이
환궁하다가 그 모습을 보고 자신이 차고 있던 팔찌를 빼서 그의 가슴에 안겨
준 뒤에 돌아갔다. 지귀는 한참 뒤에 잠에서 깨어 그 사실을 알고 한참 동안 멍
하니 앉아 있더니 갑자기 입에서 불꽃(心火)을 내며 탑을 빙글빙글 돌다가 화
귀(火鬼)로 변했다. 왕이 소문을 듣고 술사(術士)를 시켜 주문을 외게 하여 귀
신을 쫓았다. 주문은 다음과 같았다.

　　지귀의 마음속 불꽃이(志鬼心中火)
　　그 몸을 태우고 불의 귀신으로 바뀌
었다(燒身變火神)
　　저 넓은 바다 밖으로 옮겨 가서(流
移滄海外)
　　나타나지도 말고 가까이 오지도 말
아라(不見不相親)

　　그 뒤 세상 사람들은 이 주문을 써
서 문 위에 붙여 화재를 막는 부적으
로 삼았다.

　　　　　　　　　　　—『수이전』*

하찮은 천민이 여왕을 사랑하는 이야기로 선덕여왕에 얽힌 전설이다.
『대동운부군옥』 20권에「심화요탑(心火遶塔)」이라는 제목으로 전함.

박인량(朴寅亮) ?~1096년. 고려의 문신. 본관은 죽산. 자는 대천(代天).
호는 소화(小華). 시호는 문열(文烈). 문종 때 문과에 급제. 많은
청환직(淸宦職)을 거침. 1075년(문종 29년) 요(遼)나라가 압록강
동쪽을 국경으로 하려고 하자, 그 부당성을 지적하고 압록강으로
경계를 삼아야 한다고 주장하여 그들의 주장을 철회하게 함. 뒤에
우부승선(右副承宣), 예부시랑(禮部侍郞)을 지냈다. 문장이
우아하고 미려하여 중국에 보내는 외교 문서를 도맡아 작성했다고
함. 저서로『고금록(古今錄)』 10권과 신라의 설화를 모은『수이전』
등이 있다.

『수이전(殊異傳)』 우리나라 최초의 설화 문학집. 고려 초기의 학자 박인량이
지었다고 하나 유실되었고, 몇 편의 작품만이 뒤에 편찬한
『삼국유사』,『대동운부군옥』,『해동고승전』,
『필원잡기』 등에 실려 전함.

『삼국사 본전(三國史本傳)』에 이렇게 씌어 있다.

견훤(甄萱)은 상주 가은현(尙州加恩縣) 사람이다. 함통(咸通) 8년인 정해년 (867년)에 태어났으며 본래의 성(姓)은 이씨(李氏)였는데 뒤에 견씨로 성을 바꾸었다. 아버지 아자개(阿慈介)는 농사를 지어 생활을 했다. 그러다가 광계연간(光啓年間)에 사불성(沙弗城), 지금의 상주에 거점을 정하고 스스로 장군이라고 일컬었다. 아들 4형제가 모두 세상에 이름을 떨쳤는데 그 중에서도 견훤의 이름이 가장 잘 알려졌고 지혜와 생각도 뛰어났다.

『이비가기(李碑家記)』에는 이렇게 씌어 있다.

진흥대왕(眞興大王)의 왕비 사도(思刀)는 시호(諡號)를 백숭부인(白䲷夫人)이라고 하는데 셋째 아들인 구륜공(仇輪公)의 아들이 파진간 선품(波珍干善品)이고, 그의 아들이 각간 작진(角干酌珍)인데 처 왕교파리(王咬巴里)와의 사이에서 각간 원선(角干元善)을 낳았다. 이 사람이 바로 아자개다.

아자개의 첫째 아내는 상원부인(上院夫人)이고 둘째 아내는 남원부인(南院夫人)인데 아들 다섯과 딸 하나를 낳았다. 그 중 맏아들은 상부 훤(尙父萱)이고, 둘째 아들은 장군 능애(能哀)이며, 셋째 아들은 장군 용개(龍盖)이고, 넷째 아들은 보개(寶盖)이며, 다섯째 아들은 장군 소개(小盖)이고, 딸은 대주도금(大主刀金)이다.

또 『고기(古記)』에는 이렇게 씌어 있다.

옛날 광주 북촌(光州北村) 어느 부잣집에 딸이 하나 있었는데 얼굴이 잘 생기고 행동도 단정하였다. 딸이 어느 날 아버지에게 말하였다.

후백제의 건국자인 견훤에 대한 이야기는 많은 야사와 아울러 그 탄생 설화도 매우 신기한 것이 많다. 여기에는 그의 출생에 대한 미스테리를 『삼국유사』대로 실었다.

"밤마다 붉은 옷을 입은 어떤 남자가 침실에 들어와 동침을 하고 갑니다."

그러자 아버지가 이렇게 지시하였다.

"바늘에 기다란 실을 꿰어 남자의 옷에 꽂아 두어라."

딸이 아버지의 말대로 실을 꽂아 두었는데, 다음 날 북쪽에 있는 담장 아래 큰 지렁이의 허리에 바늘이 꽂혀 있는 것을 발견했다. 그런 일이 있은 뒤에 그 딸은 임신을 하여 아들을 낳았는데 나이 15 살이 되자 스스로 견훤이라고 이름을 지었다. 그 뒤 경복 원년(景福元年)인 임자년(892년)에 왕이라고 일컫고 도읍지를 완산군(完山郡)에 정하여 43년 동안 나라를 다스리다가 청태 원년(淸泰元年)인 갑오년(934년)에 세 아들이 왕위를 빼앗아서 견훤은 고려 태조에게 투항하고 아들 금강(金剛)이 왕위에 올랐다. 천복 원년(天福元年)인 병신년(936년)에 일선군(一善郡)에서 고려와 전투를 하여 백제는 패망하고 말았다.

견훤이 아직 어린 시절 아버지는 밭을 갈고 어머니는 밥을 가지고 와서 점심을 먹을 때 아이를 숲 속에 두었더니 호랑이가 와서 젖을 먹였다. 그 소문을 들은 근처 마을의 사람들은 아이가 장래에 기이하게 될 거라고 했다. 마침내 장성하자 체격이 웅장하고 기운이 남달라서 군대에 입대하여 당시의 서울인 경주에 들어갔다가 서남해 국경을 지키러 떠났다. 견훤은 군대 생활을 하는 동안 적군이 불시에 습격할 것을 대비하여 늘 무기를 몸 가까이 두었는데 가지고 다니는 창을 베고 자기까지 했다. 그리고 기운을 쓸 일이 있으면 다른 병사들보다 앞서 하니 이러한 노력으로 마침내 비장(裨將)이 되었다.

당나라 소종(昭宗)의 연호인 경복 원년은 신라 진성여왕(眞聖女王) 6년이다. 이 때 간신들이 왕의 좌우에 포진해 있어서 권력을 함부로 휘두르니 나라의 기강이 문란해진데다가 흉년까지 들어서 백성들이 고향을 버리고 사방으로 흩어졌으며 도적들이 벌처럼 일어났다. 이 때 견훤도 나라를 배반할 마음이 생겨서 자신과 뜻을 같이 하는 사람을 모아 서울 서남쪽 지방의 고을들을 공격하게 되니 이르는 곳마다 백성들이 호응하여 불과 한달 남짓한 사이에 군대가 5천 명이나 되었다. 그는 무진주(武珍州, 지금의 光州)를 습격하여 스스로 왕이 되었다. 그러나 공공연히 왕이라고 일컬을 수 없다고 생각하여 스스로 '신라 서남도 통 행전주자사 겸어사중승 상주국 한남군개국공(新羅西南都統行全州刺史兼御史中承上柱國漢南郡開國公)'의 직위를 주어 그렇게 부르게 했다.(이하 생략)

—『삼국유사』

사물을 의이화한 가저췌 소설

국순(麴醇)은 자가 자후(子厚)이며, 조상은 농서(隴西) 지방에 살았다. 90대 조 모(牟 : 밀)는 후직*을 도와 백성들에게 곡식을 먹게 한 공이 있었다. 『시경』에 노래로 전하는 "우리에게 밀을 전하여 주었네." 라는 구절은 이를 말하는 것이다.

모(牟)는 처음에 벼슬을 하지 않고 숨어 살았는데 주위 사람들에게 이르기를, "나는 반드시 직접 밭을 갈아 스스로 먹는 것을 장만하겠네." 하고는 계속하여 밭고랑에서 살았다. 임금은 그가 장래성이 있다는 소문을 듣고 수레를 보내 초빙해서 만나 본 뒤에 고향으로 다시 돌려 보내고, 신하들을 내려 보내 그와 방앗간〔杵臼〕에서 사귀게 하였다. 그러자 모는 숨어 사는 자의 기풍을 점점 잃고, 임금의 은혜를 받아 차츰 명예를 중히 여기게 되었다. 그리하여 훈훈한 인정미와 아울러 온화하고 너그러운 기풍을 풍기게 되었다.

모가 말하기를, "나를 이렇게 변화시켜 준 것은 벗들이다. 내 어찌 그대들을 믿지 않겠는가?" 하였다.

마침내 청덕(淸德)이 임금에게 알려져서 임금은 모가 사는 마을에 술집을 표시하는 정문(旌門)을 세워 세상 사람들에게 널리 알리도록 하였다. 이어서 모는 임금을 따라 하늘에 제사 지내는 단(壇)에도 올라가게 되었다. 이러한 공으로 말미암아 마침내 중산후(中山候)에 봉해져서 1만 호의 백성을 거느리는 수장이 되었고, 국씨(麴氏)라는 성도 얻게 되었다.

옛날 밀로부터 술이 되어 내려온 역사와 역대 제왕들의 취향에 부침하는 술의 운명과 계통을 전기문 형식으로 꾸민 이야기.

임춘(林椿) : 고려 의종·명종 년간. 호는 서하(西河). 여러 번 과거에 실패하였으나 그의 문명(文名)은 이인로(李仁老), 오세재(吳世才) 등과 함께 강좌칠현(江左七賢)으로 일컬어진다.

후직(后稷) : 주(周)나라의 시조. 당나라 요임금 때 강원이 거인의 발자국을 밟았다가 임신을 하여 아들을 낳자 상서롭지 못하다 하여 마구간에 버렸으나 소나 말들이 밟지 않았다. 얼음 위에 던졌더니 새들이 와서 품어 보호하였다. 그리하여 아이를 도로 데리고 와서 이름을 기(棄)라 하고 길렀다. 그가 자라자 요임금이 그를 농정장관인 직(稷)에 임명하였으니 그가 곧 후직이다.

오십오

한편 5세손은 성왕(成王)을 도와 사직(社稷 : 토지신과 농사신)을 섬기게 되니, 천하를 통일한 시대에 태평을 누리게 하는 데 일조를 하였다. 그 뒤 강왕(康王)이 즉위하자 조정에서 점점 멀어지게 되었고, 마침내 임금의 명령으로 벼슬을 못하는 금고형(禁錮刑)을 받게 되어 영원히 조정에 들어갈 수 없게 되었다. 이리하여 후세에 뚜렷이 알려진 자가 없고 그 자손들은 모두 사람들 사이에 묻혀 살았다.

위(魏)나라 초기에 비로소 아버지 국주(麴酎)가 세상에 알려지게 되었다. 상서랑(尙書郞) 서막*이 그를 조정에 데리고 들어가 입이 닳도록 칭송하니, 한 신하가 임금에게 탄핵하기를, "서막이 국주와 사사로운 교분을 빌미로 조정의 기강을 점점 어지럽힙니다." 하였다. 임금이 화가 나서 서막을 불러 나무랐다. 서막이 머리를 조아리고 아뢰기를, "신이 국주를 따르는 것은 그에게 성인의 덕이 있기 때문입니다." 하였다.

그 뒤 진(晉)나라가 왕통을 이어받자 국주는 벼슬에 뜻을 잃고, 유령(劉伶)·완적(阮籍) 같은 죽림칠현들과 어울려 죽림 속에 묻혀서 놀다가 일생을 마쳤다.

국순은 호탕하고 도량이 넓어 기상이 도도히 흐르는 물과 같이 거침이 없었다. 깨끗하면서도 맑지는 않았고, 흔들어도 흐려지지 않아 풍기는 멋이 일세를 휩쓰니 사람들이 성품에 감동하였다. 그는 일찍이 엽 법사(葉法士)와 함께 온종일 담론하여 좌중에 있던 사람들을 감동시킨 일로 이름이 더욱 널리 알려졌다.

그리하여 호를 '국처사(麴處士)'라고 하여 공경대부로부터 신선이나 방사(方士 : 마술사)는 말할 것도 없고 거리의 백정이나 목동, 오랑캐와 외국 사람까지 그의 향기로운 덕성에

서막(徐邈) 삼국 시대 위나라 사람으로 금주령을 어기고 술에 잔뜩 취해 있었다. 그의 동료가 술에 대하여 물으니 그는 '중성인(中聖人)'이라고 하였다. 조조(曹操)가 그 소리를 듣고 화를 내자 선우보라는 신하가 이르기를, "취객들은 청주를 성인이라고 이르고 탁주를 현인이라고 이릅니다." 하였다.

감동한 자는 누구나 흠모하게 되었다. 그리하여 언제 어느 곳을 막론하고 사람들이 모인 자리에 국순이 나타나지 않으면 모두들 허전해 하며 이르기를, "국처사가 없으면 즐겁지가 않다." 하였다. 그를 사랑하는 사람들의 마음이 이와 같았다.

죽림칠현 중 한 사람인 대위(大尉) 산도(山濤)는 장래를 점칠 수 있는 능력이 있었다. 일찍이 국순을 보고 이르기를, "어떤 늙은 여인네가 이와 같이 향기로운 자식을 낳았는가? 그러나 장래에 천하의 백성들을 반드시 그르칠 자도 이 국순이 아니라고는 못 할 것이다." 하였다.

나라에서 국순을 불러 청주종사(靑州從士)로 삼았다가 다시 평원독우(平原督郵)로 삼았다. 얼마 뒤에 국순은 혼자 한탄하기를, "나는 이 적은 봉급을 받으며 남에게 허리를 굽혀 아부할 수는 없다. 차라리 시골의 젊은 사람들과 술동이 앞에 마주 앉아 담론하는 것이 낫겠다." 하였다. 당시에 관상을 잘 보는 어떤 사람이 국순의 관상을 보고 이르기를, "자네의 얼굴에 붉은 기운이 도니 뒷날 반드시 귀히 될 것일세. 분명히 천종록(千鐘祿)을 누릴 터이니, 많은 녹을 주려고 하거든 벼슬길에 나가게." 하였다.

진후주때는 양가 자제의 추천으로 주객원외랑이라는 벼슬을 받았다. 임금이 매우 기특하게 여겨 앞으로 높은 자리에 등용하겠다고 약속하고 곧이어 재상으로 임명하고 광록대부 예빈경으로 삼았다. 그리고 군신들이 회의하는 자리에는 임금이 몸소 그를 잔에 받쳐 들었는데 행동거지가 임금의 마음에 꼭 들었다. 그리하여 임금이 칭찬하기를, "경을 일컬어 청(淸)이라고 하는 것은 나의 마음을 열어 주고 또한 나의 생각을 살찌게 해주기 때문이다." 하였다.

국순이 임금 곁에서 하는 일은 손님을 접대하는 일과 늙은이들을 위로하는 일, 귀신을 섬기고 종묘에 제사하는 일들이었다. 그리고

진후주(陳後主): 553~604년. 진 선제의 아들로 시문과 주색에 빠졌다가 수나라에 패망하였다.

임금이 밤에 잔치를 베풀면 궁녀들 외에 어떠한 근신(近臣)도 참여할 수 없었으나 그만은 늘 참여하였다. 이 때부터 임금은 국순에 빠져 정사를 돌보지 않았는데, 그래도 그는 입을 다물고 간쟁하지 않았기 때문에 예법을 지키는 선비들은 그를 원수처럼 미워하였다. 그러나 임금은 늘 그를 총애하였다.

국순은 또 재물을 증식하기를 좋아하였는데, 당시의 여론은 그러한 그를 비루하게 여겼다. 임금이 묻기를, "경은 무슨 취미를 가졌는가?" 하니 대답하기를, "옛날 두예(杜預)는 『춘추좌씨전(春秋左氏傳)』을 연구하는 취미가 있었고, 왕제(王濟)는 말(馬)에 취미가 있었는데, 신에게는 돈을 모으는 취미가 있습니다." 하였다. 임금은 크게 웃고 그에 대한 사랑을 더욱 돈독히 하였다.

국순은 본래부터 입 냄새가 많이 났었는데, 어느 날 임금 앞에 나아가 무슨 말인가를 아뢰자 임금은 입 냄새가 싫어서 이르기를, "경은 나이가 들고 기운이 모자라서 내가 맡긴 임무를 감당하지 못할 것 같네." 하였다. 국순이 관을 벗고 아뢰기를, "신이 벼슬을 주는 대로 받고 사양하지 않았으니, 이것 때문에 집안이 멸망하는 화를 입을까 두렵습니다. 바라건대 신을 고향의 집으로 돌려 보내 주시어 신으로 하여금 스스로 만족하면 그칠 줄 아는 분수를 알게 하소서." 하였다.

그러자 임금이 가까운 신하를 시켜 그를 부축하여 나가게 하였다. 국순은 고향으로 돌아온 뒤에 목이 마르는 병을 얻어 하룻밤 사이에 죽었는데, 그에게는 아들이 없었다.

국순의 친족 아우 청(淸)은 뒤에 당나라에서 벼슬을 하였는데 벼슬이 내공봉(內供奉)에 이르고 자손들은 다시 번성하게 되었다.

역사가는 이렇게 적고 있다.

"국씨의 조상은 백성에게 공이 있어서 청렴을 자손에게 물려주었다. 주나라의 울창주 같은 것은 향기가 위로 하늘에까지 닿았으니 가히 조상의 품격이 남아 있다고 이르겠다. 국순은 병 속에 담길 수 있는 지혜가 있으며, 항아리에서 나와 일찍이 재상으로 선발되었고, 술동이 앞에서 담론하면서도 간쟁하지 않아 왕실을 어지럽히고 멸망하는 데 이르게 하였다. 그리하여 마침내 온 천하 사람들의 웃음거리가 되었으니 거원〔巨源 : 산도의 자〕의 말이 족히 믿을 만하다."

—『서하집(西河集)』

　공방(孔方)은 자가 관지(貫之 : 꿴다는 뜻)로 그의 조상은 일찍이 수양산의 굴 속에 살았다. 그리하여 세상에 알려지지 않았는데 황제* 때 최초로 초빙되어 채용되었으나 성질이 강경하여 세상 사람들과 잘 어울리지 못하였다. 황제가 관상쟁이 신하로 하여금 관상을 보게 하니, 한참 동안 들여다보고는 이렇게 말했다.

　"산과 들에서 저절로 생겨 아무렇게나 자라서 아무리 씻고 닦고 하여도 쓸 수가 없습니다. 그러나 만일 폐하께서 조정의 신하들로 하여금 풀무 속에 넣고 녹여서 변화시킨 뒤에 광채를 내게 한다면 본래의 자질이 드러날 것입니다. 임금은 신하를 임용할 때 이와 같이 자질과 됨됨이에 따라 변화도 시키고 키우기도 하는 것이니, 바라건대 폐하는 그를 무딘 동(銅)이나 쇠붙이와 같이 취급하지 마십시오."

　황제가 관상쟁이의 말에 따라 풀무 속에 넣고 변화시킨 결과, 공방은 비로소 세상에 알려지게 되었다. 그러나 뒷날 난리를 만나 강가의 용광로로 옮겨 갔는데 이 때부터 그곳에서 살게 되었다.

　아버지 천(泉)은 주(周)나라의 대재(大宰)가 되어 나라의 세금을 맡아 다스렸다.

　공방은 됨됨이가 바깥쪽은 둥글고 안쪽은 모가 났는데, 시대에 따라 직책이나 역할도 변하였다. 한(漢)나라 때에는

옛날 엽전은 모양이 현재의 동전과 마찬가지로 둥글지만 한가운데에 네모진 구멍이 있어서 편리하게 줄에 엮어 가지고 다닐 수 있게 만들어졌다. '공방은 여기에서 붙여진 이름이다. 이 글은 돈의 기원과 역사적인 전말을 열전 형식으로 기술하고 있다.

황제(黃帝) 상고 시대 중국의 황제로서 소전씨(小典氏)의 아들. 성은 공손(公孫)이며, 회수(姬水)가에서 자라서 회씨라고도 하고, 헌원(軒轅)의 언덕 밑에 살아서 헌원씨라고도 하였다. 5행 중에 토(土) 덕을 가진 왕이라 하여 황제라고 하였다. 신농(神農)씨의 8세손 유망(楡罔)이 포악하여 그를 내쫓고 제위에 올랐다. 그는 6갑자인 간지와 6서(六書), 의상, 기명器皿 등의 제도를 갖추고 재위 100년 만에 죽었다.

홍로경(鴻臚卿) 국가의 빈객이나 길흉사의 의식 및 사방 부속 국가로부터 들어오는 조공을 관리하는 홍로시의 장관.

홍로경*이 되었는데, 당시에 오왕(吳王) 비(濞)가 교만하고 아첨을 잘하여 나라를 마음대로 쥐고 흔들 때라 공방이 그를 많이 도와 주었다.

호제(虎帝) 때에는 온 천하가 흉년이 들어 모든 창고가 비자 임금이 걱정하여 공방을 재물을 다스리는 부민후(富民侯)로 삼고, 소금을 관리하는 염철승(鹽鐵丞) 근(僅)과 함께 조정에 머무르게 하였다. 근(僅)은 늘 공방에게 이름을 부르지 않고 '가형(家兄)'이라고 불렀다.

공방은 성품이 탐욕스럽고 염치가 없어서 나라의 재산을 총괄하게 되자 '자모경중법(子母輕重法)'이라는 저울에 다는 법을 만들어, 나라를 다스리는 사람으로 하여금 자신을 옛날과 같이 용광로에 넣어서 일정한 틀에 녹여 부을 필요가 없게 하였다. 이리하여 백성으로 하여금 저울 눈금을 가지고 서로 다투게 하고 물건 값을 마음대로 좌우하게 하여 결국에는 곡식을 천히 여기고 자신을 중히 여기게 하였다. 동시에 근본을 버리고 말단의 이익을 추구하게 하여 농사를 하찮게 여기도록 하였다. 그리하여 임금을 보좌하고 간언하는 간관(諫官) 등이 그를 논박하는 상소를 올렸으나 임금은 그 논박을 받아들이지 않았다.

또 권세 있는 사람의 비위를 잘 맞추어 그들 집을 마음대로 드나들며 권력을 빙자하여 벼슬을 사고 팔게 하니 모든 권력이 그의 손바닥에서 놀아났다. 마침내 공경대부 같은 높은 벼슬아치들도 모두 고개를 숙이고 아첨하게 되었고, 그에게 뇌물을 주겠다고 약속한 문권이 산처럼 쌓였다. 그리고 사람들로부터 많은 물건을 받았는데 상대방의 인간됨이 어떤가를 따지지 않았음은 물론 시정(市井)의 잡배들이라도 재물만 많으면 다 사귀었다. 때로는 시골의 건달패들을 따라다니면서 활 쏘고 장기 두고 바둑 두는 일도 협조하였는데 당시의 사람들이 말하기를, "공방의 말 한마디는 천금과 같이 중하다." 하였다.

원제(元帝)가 즉위하자 간의대부인 공우(貢禹)가 다음과 같이 상소하였다.

"공방이 그 동안 오래도록 중요한 직책을 맡았으나 농사가 중요함을 알지 못하고 오로지 물품을 교환하는 이익만을 추구하니, 나라와 백성에 해가 되어 공사(公私)가 모두 위험한 지경에 빠졌습니다. 게다가 뇌물이 횡행하여 청탁이 공공연히 행해집니다. '천한 자가 짐을 진 채 수레에 오르니 도둑이 노릴 것은 뻔한 일이다.' 라는 말은 『주역』에 분명히 씌어 있는 교훈입니다. 바라건대 그의 관직을 빼앗아 그의 탐욕스러움을 징계하소서."

당시에 곡식을 중요시하는 정책으로 벼슬길에 나와서 국경의 군비를 충당하는 정책을 세우려던 자가 공방의 일을 질투하여 공우에 찬성하니 임금이 드디어 그 상소를 윤허하였다. 벼슬길에서 쫓겨나게 된 공방은 문인들에게 이렇게 말했다.

"나는 그 동안 우리 임금님이 홀로 천하를 경영하는 데에 국가의 경비를 충족하게 하고 백성의 재물을 풍부하게 하려던 것뿐이었는데, 지금 하찮은 죄로 축출당하였다. 그러나 등용이 되든 축출을 당하든 나에게는 하등의 손익이 없다. 다행히 나의 목숨은 실과 같이 끊어지지 않고 있으니 주머니의 아가리를 틀어 막고 가만히 들어앉은 채 먼 강가의 조그마한 마을로 돌아가겠다. 그리하여 낚시나 놓고 개울가에서 놀다가 물고기가 잡히거든 술이나 사서 마시겠다. 그리고 육지와 바다의 상인들과 함께 배를 띄우고 놀면서 나의 평생을 마치는 것으로 만족하련다. 비록 높은 벼슬〔千鐘祿〕과 많은 제물〔五鼎食〕을 준다고 한들 이 즐거움에 비하겠는가? 어떻든 내가 시행하던 정책은 오래지 않아 다시 계속될 것이다."

화교*가 공방의 기풍을 소문으로 듣고 많은 재물을 들여 주머니 속에 간직하며 아꼈는데, 마침내 공방을 지나치게 좋아하게 되었다. 그리하여 노포*가 그를 논박하고 잘못된 풍속을 바로잡으려고 하였다. 진(晉)나라 원수(阮修) 완선

화교(和嶠) 진(晉)나라 사람. 남에게 자신을 과장하여 나타내기를 좋아하였으나 정사에 매우 깨끗하고 간결하였다. 혜제 때 태자태부(太子太傅)와 산기상시(散騎常侍)를 역임하였으며 부자였으나 인색하였다.

노포(魯褒) 진(晉)나라 사람. 『전신론(錢神論)』을 지어서 돈을 탐내는 풍속을 비판했다.

자(阮宣子)는 성품이 호방하여 속세의 저속한 것을 좋아하지 않았지만 공방의 무리와 지팡이를 끌며 같이 노닐다가 술독 근처에 가면 그만 술을 사서 마셨다. 또한 진(晉)나라 왕이보〔王夷甫 : 이름은 연(衍)〕는 공방을 상대하면 창피하다고 하여 이름을 부르지 않고 다만 "이놈의 물건〔阿堵物〕"하고 불렀으니 청담론자(淸談論者)들이 공방을 천하게 여김이 이와 같았다.

당(唐)나라 때에는 유연(劉晏)이 나라의 재물을 관리하는 탁지판관(度支判官)이 되었는데 나라의 재물이 넉넉하지 못한 것을 염려하며, 왕에게 다시 공방의 정책을 실시하면 국가 경제가 편리해질 것이라고 간청하였다. 이 말은 『식화지(食貨志)』에 실려 전한다. 당시에 공방은 죽은 지가 이미 오래되었고 문도(門徒)들이 사방으로 흩어져서 살고 있었는데, 이들을 찾아내어 다시 등용하니 그 정책이 개원·천보(開元·天寶 : 713~755년, 당 현종) 연간에 크게 성행하였다. 그리고 임금은 조서를 내려 공방의 벼슬을 조의대부 소부승으로 추증하였다.

남송(南宋) 신종(神宗 : 1068~1086년) 대에 왕안석(王安石)이 국권을 잡고 여혜경(呂惠卿)을 끌어들여 함께 정사를 다스려 나갈 때 청묘법*을 만드니 세상이 매우 시끄럽고 나라 경제가 곤궁해졌다. 소식(蘇軾 : 소동파)이 그 폐단을 엄하게 논박하여 모두 배척하려 하였으나 도리어 모함을 당하여 벼슬에서 쫓겨났다. 그 뒤로 조정의 선비들이 감히 함부로 말하지 못하다가 사마광(司馬光)이 정승이 된 다음 청묘법을 폐하고 소식을 등용하기를 청하였다. 이 때부터 공방 무리의 세력이 차츰 쇠퇴하고 더 이상 번창하지 못하였다.

공방의 아들 윤(輪)은 성품이 경박하여 세상 사람들로부터 질책을 받는데 후에 물을 관리하는 수형령(水衡令)이 되었다가 뇌물을 받은 사실이 발각되어 처형당하였다.

청묘법(靑苗法) : 백성에게 봄에 곡식을 꾸어 주었다가 가을이 되면 2할의 이자를 가산하여 돈으로 받아들였던 제도.

역사가는 이렇게 적고 있다.

"남의 신하가 되어 딴마음을 먹고 이익을 추구한다면 어찌 충신이라고 할 수 있겠는가? 공방은 때를 만나 등용되고, 임금이 사랑하여 손을 잡고 나라의 장래를 간곡히 부탁하였으니, 더할 수 없이 큰 은총을 받은 것이다. 마땅히 국가에 이익을 주고 피해를 없애서 은혜에 보답했어야 하거늘 오왕 비를 도와 권력을 휘두르고 또 사당(私黨)을 세웠으니, 충신도 못 되고 분수도 없이 함부로 사람을 사귄 자이다. 공방이 죽자 문도들이 다시 남송에 등용되었는데 위정자에게 아부하여 도리어 정당한 사람을 모함하였다. 비록 잘잘못에 대한 이치야 알 수 없다지만 만일 원제가 공우의 말을 듣고 한번에 모두 쓸어 없애 버렸더라면 가히 후환이 없었을 터인데 겨우 세력을 억누르는 데 그쳐 후세에 폐단을 끼치게 되었다. 이렇게 앞일을 내다보지 못한 우(愚)를 범했으니 어찌 한탄스럽지 않은가?"

—『서하집』

국성(麴聖)은 자가 중지(中之)이고 주천군(酒泉郡) 사람이다. 젊었을 때에 서막의 사랑을 받아 '국성' 이라는 자를 받았다. 조상은 본래 온(溫) 땅 사람으로 농사에 힘써 자급자족하다가 정(鄭)나라가 주(周)를 칠 때에 잡혀갔기 때문에 자손이 정나라에도 퍼져 살았다. 증조부 이름은 역사에 없고 할아비 모(车 : 보리)가 주천으로 이사하여 살기 시작하여 주천군 사람이 되었다. 아비 차(醝 : 흰 술)는 벼슬을 시작하자마자 바로 평원독우(平原督郵)가 되어 농사를 맡아보는 사농경(司農卿) 곡(穀)씨의 딸에게 장가가서 성(聖)을 낳았다.

성은 어린아이 때부터 도량이 넓어 손님들이 아버지에게 그를 칭찬하였다.

"이 아이의 마음은 넓디넓은 물결과 같아서 더 깨끗이 하려고 해도 더는 맑아지지 않고 휘저어도 흐려지지 않을 것이오. 그러니 당신과 이야기하는 것보다 저 아이와 즐겁게 노는 것이 낫겠소."

국성은 자라서 중산에 사는 유령*, 심양의 도잠*과 친구로 지냈다. 두 사람이 늘 이르기를 "하루도 이놈을 못 보면 비루하고 인색한 마음이 생긴다."고 하며, 국성을 만나기만 하면 해가 지도록 피로한 줄도 모르고 마음속으로 깊이 취하여 돌아가곤 하였다. 고을에서 그에게 술찌끼를 맡아 관리하는 조구연(糟丘掾)이라는 벼슬을 주며 불러들였는데 미처 그 자리에 나가기 전에 나라에서 청주종사(青州從事)를 시키며 불러 올렸다. 또 공경

임춘의 「국순전」과 같이 술을 의인화한 가전체 소설이다. 이글은 국성의 시조(始祖)와 유래를 사마천의 열전체 형식으로 썼다. 「국순전」과 다른 점은 결말 부분에서 군주의 노여움을 사서 국순은 분한 나머지 병이 들어 죽고 마는데 국성은 조용히 참고 견디어 나중에 역사가인 태사공의 칭찬을 받는다는 점이다.

이규보(李奎報) 1168~1241년(의종 22년~고종 28년) 자는 춘경(春卿) 백운거사(白雲居士). 호부낭중 윤수(允綏)의 아들. 명종 19년에 사마시에 급제하고 이듬해 문과에 급제했다. 호탕 활발한 시풍은 당대를 풍미했으며, 만년에 불교에 귀의했다. 시호는 문순(文順). 문집으로 『동국이상국집』이 있다.

유령(劉伶) 죽림칠현 중 한 사람. 술을 매우 좋아하였음.

도잠(陶潛) 진(晉)나라 때의 대문호. 자는 원량. 이름은 연명. 「귀거래사(歸去來辭)」를 지은 사람으로 유명함.

대부와 같은 높은 벼슬아치들이 교대로 그를 추천하니 임금이 국성에게 멀리 가지 말고 공거*에서 명령을 기다리라고 하였다. 얼마 있다가 임금이 불러 말하였다.

"그대가 주천의 국성인가? 내 그대의 이름을 들은 지 오래니라."

이보다 앞서 태사*가 아뢰기를, "주기성(酒旗星)이 크고 밝게 빛났습니다." 하였다. 그런 지 얼마 안 되어 국성이 왔다. 임금은 더욱 기이하게 생각하고, 손님을 접대하는 주객랑중(主客郎中)으로 삼았다가 조금 지나자 나라의 제사를 맡아 보는 국자제주(國子祭酒)와 예의사(禮儀使)로 전직시켜 조회 때의 잔치와 종묘제사에 잔을 올리는 예절을 맡겼다. 무슨 일이든 임금의 뜻에 꼭 맞게 하므로 임금은 매우 훌륭한 그릇으로 여겨 다시 발탁하여 명령출납을 맡아 보는 요직에 앉히고 예의를 갖추어 대우하였다.

그리하여 들것에 태워 궁궐에 나오게 하고 이름을 바로 부르지 않고 '국선생'이라고 불렀다. 임금은 마음이 울적할 때면 국성이 알현해야만 비로소 크게 웃어 보였다. 그러니 그를 사랑하는 정도를 알 만하였다. 성품은 온순하여 날마다 가까이하였으나 임금의 뜻을 조금도 거스르지 않았다. 이런 까닭에 더욱 사랑을 받았으며 국성도 임금과 잔치 자리에 노닐며 절제하지 않았다. 아들 혹(酷)과 포(醭)와 역(醳)은 아비의 힘을 믿고 방자한 행동을 많이 하였다. 그러자 중서령(中書令) 모영(毛穎 : 붓)이 상소하여 탄핵하였다.

"총애받는 신하가 사랑을 믿고 횡포하게 구는 것은 온 세상 사람들이 폐단으로 여기는 바입니다. 그런데 지금 국성이 하찮은 재질로 어쩌다가 조정에 등용되어 삼품(三品)의 직위에 올라 있으니 안으로 많은 사람을 원수처럼 만들고, 또 사람들을 중상모략하기를 좋아합니다. 그리하여 만인이 원망하고 미워하니 이 사람은 나라를

공거(公車) 임금에게 출입하는 글을 맡아 보는 관청.

태사(太史) 점을 맡아 보는 기관의 사람.

잘 다스릴 수 있는 충신이 아니고 백성에게 독을 주는 도적입니다. 게다가 세 아들이 아비의 권세를 믿고 함부로 행동하여 사람들에게 고통을 줍니다. 바라건대 폐하는 모두 사형을 시켜서 여러 사람의 원망을 잠재우소서."

곧이어 임금의 윤허를 받아 아들 혹은 독약을 먹고 자살하고 국성은 축출되어 서민이 되었다. 치이자(鴟夷子 : 술부대)도 국성과 가깝다는 이유로 수레에서 떨어져 자살하였다. 치이자는 국성의 친구로 국성과 함께 수레에 타고 임금 앞에 출입하기도 하였다. 어느 날 치이자가 피곤하여 누워 있는데 국성이 희롱하며 말하기를, "자네 배는 크기는 하지만 속이 텅비었으니 무엇에 쓰겠는가?" 하니, 답하기를, "자네 같은 이, 수백 명은 들어갈 수가 있네." 하였다.

국성이 면직되고 난 뒤 제군(齊郡)과 격주(鬲州) 지방에서 도적이 들고 일어나자 임금이 그들을 토벌하려고 하나 마땅한 사람이 없었다. 그리하여 다시 국성을 불러 원수(元帥)로 삼으니 군대를 엄격하게 통솔하고 병사들과 노고를 함께하여 단 한 번의 전쟁에서 술을 먹여 수성*을 빼앗고 장락판*을 쌓은 뒤에 돌아왔다. 임금은 그 공으로 상동후(湘東侯)에 봉했다. 그 뒤 1년이 되어 국성이 상소를 올려 벼슬에서 물러나기를 청하였다.

"신은 본래 항아리처럼 생긴 조그마한 집안에 태어나서 어릴 때부터 가난하게 살았습니다. 그리하여 사람들에게 이리저리 팔려 다니다가 우연히 성스러운 임금님을 만나게 되니 임금님께서는 마음을 비우고 신을 받아들여 주셨습니다. 곧 물에 빠진 자를 구하여 널리 품어 주시고 높은 벼슬을 주셨지만 나라에 도움을 주지 못하였을 뿐 아니라 지난번에는 삼가지 못한 관계로 고향에 물러나 있었습니다. 비록 임금님의 은혜는 못 받더라도 목숨만은 살려 주신 것을 감사히 생각하고 있는데 해와 달 같은 임금님의 총명을 다시 비추시어 초파리 같은 힘이나마 발휘하도록 저를 등용하여 주셨습

*수성(愁城) 근심에 쌓인 성.
*장락판(長樂版) 기쁨을 누리는 언덕.

니다. 그러나 그릇이 가득 차면 넘치는 것은 자연의 이치입니다. 지금 신은 목이 마르는 소갈병(瘠渴病)이 생겨 목숨이 물거품처럼 위험한 지경에 이르렀으니, 바라건대 물러나 여생을 쉬게 해주십시오."

임금은 조서를 내려 그를 위로하고 물러나는 일을 윤허하지 않았으며, 중사(中使 : 내시)를 집으로 보내어 송계(松桂), 창포(菖蒲) 등의 약물을 하사하였다. 그러나 여러 번 글을 올려 사직하니 부득이 윤허하였고 마침내 국성은 고향으로 돌아가서 늙어 죽었다.

그 뒤 동생 국현(麴賢)은 이천석(二千石) 벼슬을 했고 아들 익(醳), 두(醻), 앙(醠), 임(醂)은 도화즙(桃花汁)을 먹고 신선이 되는 법을 배웠고, 친족의 아들 주(醔), 미(醾), 빈(醹)은 모두 호적을 평씨(萍氏)로 옮겼다.

역사가는 이렇게 말한다.

"국씨가 대대로 농가(農家)에 뿌리를 내리고 있던 중, 국성이 순수한 덕과 맑은 재질로 임금의 심복이 되어 국정을 다스리는 데 참여하여 임금의 마음을 살지게 하여 태평세월을 만들었으니 태평성대에 취하게 만든 공이 훌륭하기는 하다. 그러나 임금의 사랑에 오만해져 나라를 어지럽힌 결과 화가 자식에게까지 미쳤지만 억울하다고 할 수가 없다. 다행히 늙을 무렵에 만족함을 알고 스스로 물러나 목숨이 다하도록 살다가 죽었으니 『주역』에 이르기를, '기미를 잘 보아 움직이라.' 하였는데 국성이 그렇게 하였다."

—『동국이상국집(東國李相國集)』

현부(玄夫 : 거북)는 어디에서 왔는지 모른다. 어떤 이는 그의 조상을 신(神)이라고도 한다. 현부의 조상은 형제가 열다섯 명이었는데 모두 몸집이 크고 힘이 세어 하느님이 오산*을 바다에 빠지지 말도록 붙들라고 명령한 자들이었다. 그러나 자손은 점점 왜소해지고 또한 힘센 것으로도 이름난 자가 없어졌다. 다만 남의 점〔卜筮(복서) : 거북의 등을 구워서 점을 침〕이나 치는 것을 업으로 삼고, 때로는 풍수 사상을 익혀 집터나 묘자리를 살펴 주었다. 사는 곳이 일정하지 않아 고향이나 혈통 관계에 대해서는 자세히 알 도리가 없다.

먼 조상 문갑(文甲)은 중국 요(堯)임금 때에 낙수(洛水) 가에 숨어 살았는데, 그가 훌륭하다는 소문을 듣고 임금이 흰 보석을 가져가서 초빙하니 그는 그림〔奇圖〕을 등에 지고 와서 바쳤다. 임금이 그 뜻을 가상히 여겨 낙수후(洛水侯)로 봉하였다.

증조는 스스로 '하느님의 사자(使者)'라고 하며 이름은 밝히지 않은 채 통치 철학서인 『홍범구주(洪範九疇)』를 가져와 우(禹)임금에게 바쳤다.

할아버지는 백야*인데 하(夏)나라 때에 옹난을(翁難乙)을 도와 곤오(昆吾)에서 솥을 주조하는 데 공을 세웠다.

아버지는 중광(重光)이며 태어날 때 왼쪽 옆구리에 다음과 같은 글자가 씌어 있었다.

"나는 달의 아들 중광인데, 나를 얻은 자는 평범한 서인이면 제후가 될 것이고, 제후이면 제왕이 될 것이다(月子重光 得我者 匹夫爲諸侯 諸侯爲帝王)."

거북의 역사와 유래 그리고 인간과의 관계를 열전 형식으로 기술했다.

오산(五山) 『열자전[列子傳]』에 바다 가운데 신선이 사는 다섯 개의 산이 있다고 씌어 있는데 대여(代與), 원교(員嶠), 방호(方壺), 영주(瀛州), 봉래(蓬萊)이다.

백야(白若) 거북 이름. 하후(夏后) 개[開]가 산과 시내에서 금을 캐어 곤오라는 장소에서 큰 솥을 주조하는데, 옹난을이라는 사람을 시켜 백야에게 점을 쳐보도록 했다.

그리하여 옆구리 글씨를 따서 이름을 지었던 것이다.

현부는 도량이 원대하였는데, 어머니가 요광성(瑤光星)이 품속으로 들어오는 꿈을 꾸고 임신했다고 한다. 그가 태어나자 관상쟁이가 이르기를, "이 아이는 등에 평평한 언덕을 지었는데, 여러 별을 무늬로 그렸으니 반드시 신성하게 될 상이오." 하였다.

어른이 되자 역서(曆書)와 점치는 일에 밝아 천지의 음양이나 추위와 더위, 비와 바람, 그믐과 보름, 재화와 행복 같은 천지 기운의 변화에 대하여 모르는 것이 없었다. 또 신선들이 행한다는 공기 호흡으로 죽지 않는 방법을 배웠다. 성품은 호랑이를 좋아하여 늘 갑옷을 입고 다녔는데 임금이 소문을 듣고 특사를 보내어 초빙하니, 현부가 오만스럽게 사자를 돌아보지도 않고 다음과 같이 노래를 부른 뒤에 웃으며 떠나갔다.

> 진흙 속에 놀아도
> 그 즐거움 한이 없구나.
> 임금의 건사*에 갇혀 사랑받는 것이
> 나의 소원은 아니라오.

그 뒤 송(宋) 원왕(元王) 때에 예차*가 현부를 억지로 임금에게 데려갔다. 이보다 앞서 임금의 꿈에 검은 복장을 하고 수레를 탄 자가 와서 아뢰기를, "나는 청강사자(淸江使者)인데 곧 임금님을 뵈려고 합니다." 하였다. 다음 날 예차가 과연 현부를 데리고 와서 임금 뵙기를 청하였다. 임금이 매우 기뻐하며 벼슬을 주려고 하니 현부가 이르기를, "신이 예차의 간청을 거절하지 못하였고, 또 임금님의 훌륭하신 덕

건사(巾笥) 초(楚)나라에 신비스러운 거북이 있었는데 죽은 채 3000년 동안이나 상자 속에 갈무리되어 종묘에 놓여 있었다고 한다.

예차(豫且) 춘추시대 송(宋)나라의 어부. 그물로 거북을 잡아 가두어 두었더니 거북이 임금의 꿈에 나타나 '나는 흰 용인데 천지의 조화를 싫어하다가 지금 예차에게 잡혔소.' 하였다.

을 흠모하여 이렇게 오기는 왔습니다마는 벼슬하고 싶은 생각은 없습니다. 그래도 임금님께서는 신을 놓아 보내지 않으시렵니까?" 하니, 임금이 어쩔 수 없이 그를 돌려보내려고 하였다.

그러다가 위평(衛平)의 간언으로 붙잡아 두고 수형승(水衡丞)을 시켰다가 도수사자(都水使者)로 옮겨 주고, 또 대사령(大史令)으로 승진시켜 주었다. 그리고 나라의 인재를 등용한다거나 큰 행사를 한다거나 그 밖에 일이 있을 때마다 그에게 자문을 구하여 시행하였다.

임금이 일찍이 장난삼아 말하기를, "자네는 신명(神明)의 후예이고 또 앞날에 대한 점도 잘 치는데, 어찌하여 자신의 운명을 미리 점치지 못하고, 예차 같은 어부의 꾐에 빠져 과인의 조정에 들어오게 되었는가?" 하니, 대답하기를, "아무리 눈이 밝은 자도 못 보는 것이 있고, 아무리 남다른 지혜를 가진 자도 미처 헤아리지 못하는 것이 있는 법입니다." 하여 임금이 웃었다.

그런 일이 있은 뒤로 그가 어떻게 되었는지는 아무도 모른다. 다만 지금까지 귀족들은 그의 덕을 흠모하여 황금으로 형상을 만들어 허리에 차고 다녔다.

현부의 맏아들은 원서(元緒)인데 사람들에게 붙잡혀 삶겨 죽었다. 죽을 때에 이르기를, "길흉을 점치지 않고 길을 떠났다가 이렇게 붙잡혀 삶겨 죽는구나. 그러나 남산에 있는 저 나무들을 다 모아다가 불을 때어도 나를 태우지는 못할 것이다." 하였으니, 뱃심 좋기가 이와 같았다. 둘째 아들은 원저(元佇)인데 중국의 남쪽 지방인 오월(吳越) 땅을 떠돌아 다니면서 스스로 '동현 선생(洞玄先生)'이라는 호를 지어 불렀다. 셋째 아들은 이름이 알려지지 않았는데 몸집이 너무 작고 점도 칠 줄 몰랐으며, 오로지 나무에 기어올라가서 매미나 잡는 것으로 생활하다가 역시 사람에게 잡혀서 삶겨 죽었다.

종족들 중에는 간혹 도(道)를 깨우쳐 천년 동안을 죽지 않고 어디를 가든 가는 곳마다 신비스럽게도 푸른 구름이 덮이는 자도 있었으며, 간혹은 관리에 등용되기도 하여 대대로 '현의독우(玄衣督郵)'라 불린 자도 있었다.

역사가는 이렇게 말한다.

"지극히 작은 것을 살펴보고 앞으로 일어날 징조를 예측할 때에 성인들도 간혹 어긋나기도 한다. 마찬가지로 현부와 같이 지혜 있는 자가 예차 같은 어부의 꾐에 빠져 임금의 수중에서 빠져 나오지 못한 채 일생을 마쳤을 뿐 아니라 또 두 자식이 삶겨 죽는 액운도 미리 구하지 못하였으니, 하물며 나머지 사람들이야 더 말하여 무엇 하겠는가? 옛날 공자는 광(匡)이라는 곳에서 액운을 당하였으며, 또 제자 자로(子路)는 젓으로 담겨 죽는 횡액을 면치 못하였으니 신중하게 처신하지 않아서 되겠는가?"

—『동국이상국집』

부인은 성이 죽(竹)이고 이름은 빙(憑)이다. 위수 가〔渭濱〕에 살던 운(篔 : 왕대)의 딸이고, 조상인 창랑씨(蒼筤氏 : 초우엉)의 후손이라. 조상은 음률에 능하여 황제(黃帝 : 중국의 전설상의 제왕)가 전악(典樂)으로 발탁하였다. 우(虞 : 순임금 시대)나라 때의 소(簫 : 통소)도 역시 그의 조상이다.

창랑씨는 곤륜산의 북쪽에서 살다가 동쪽으로 옮겨 왔는데, 중국 상고 복희(伏羲) 시대에 위씨(韋氏 : 가죽)와 함께 문서를 담당하여 공을 세웠다. 이리하여 자손이 모두 사관(史官)을 생업으로 삼았다. 그러다가 진시황(秦始皇)이 학정을 자행할 때에 이사*의 계획에 따라 분서갱유(焚書坑儒)를 한 뒤로 창랑씨의 자손들이 점점 몰락하였다.

한(漢)나라 때에 이르러 채륜(蔡倫 : 종이 발명자)의 가객(家客)인 저생(楮生 : 종이)이라는 자가 학문을 좋아하여 붓으로 글씨를 쓸 때에는 죽씨와 함께 노닐곤 하였다. 그러나 저생은 사람됨이 경박하고 남을 모함하기를 좋아하였다. 그는 죽씨의 강직함을 미워하여 조금씩 헐뜯다가 마침내 임무를 빼앗아 버렸다.

옛날 주(周)나라 시대의 간(竿 : 낚싯대)이라는 자도 역시 죽씨의 후예인데 중국 주나라 개국공신 강태공과 함께 위수 가에서 낚시를 하였다. 태공이 낚싯바늘을 만들려고 하니 간이 말하기를, "내가 들으니 큰 낚시에는 바늘이 없다고 하지만 낚시가 크고 작은 것은 낚싯바늘이 곧고 굽

대나무의 유래와 역사적 경로를 알아보고, 후손인 죽부인이 송대부에게 시집갔으나, 송대부가 돌로 변한 뒤에 절개를 지키다가 고갈증에 걸려 죽었다는 내용의 가전체 소설.

이곡(李穀) 1298～1351년(충렬왕 24년～충정왕 3년), 호는 가정(稼亭) 이색의 아버지이며 이제현의 문인, 1333년 원나라에서 급제하였으며, 원제에게 건의하여 고려에서 처녀 징발을 중지하게 했다. 저서로 『가정집』이 있다.

이사(李斯) 진시황 때의 정승, 군현(郡縣) 제도를 만들고 금서(禁書 : 책을 없앰)의 영을 내려 모든 책을 불사르게 했다. 시황이 죽자 조서를 고쳐 태자인 부소를 폐위시키고 이세(二世)를 즉위시킨 뒤에 환관 조고와 함께 권력을 좌우하다가 뒷날 삼족이 멸하는 형벌을 당했다.

은 데 따라 다른 것입니다. 곧 곧은 낚시는 나라를 낚을 수가 있지만, 굽은 낚시는 고기를 잡는 데 불과합니다." 하였다. 태공이 그 말에 따라 곧은 낚시를 놓다가 과연 뒷날 주나라 문왕(文王)의 스승이 되었다. 그리고 제왕(齊王)으로 봉해진 뒤에 간을 위수 가에 보내어 그곳을 다스리게 하였다. 이것이 죽씨로 하여금 위수 가에서 살게 한 계기가 되었다.

오늘날 그의 자손들이 매우 많아서 임(箖 : 길고 잎이 가는 대), 어(箊 : 잎이 가는 대), 군(箘 : 화살대), 정(筳 : 마디가 잔 대) 등이 모두 그의 자손이다. 그리고 양주(楊州) 지방으로 이사 간 자들은 소(篠 : 가는 대), 탕(簜 : 큰 대) 등으로 불리며 호중(胡中)에 들어간 자는 봉(篷 : 대뜸)이라고 불리어 왔다.

죽씨는 대개 문무(文武)의 재간을 가졌는데 세상에서 변궤(籩簋 : 제기), 생우(笙竽 : 피리) 등 예악(禮樂)에 쓰는 것과 또 활 쏘는 살대와 물고기 잡는 도구 등 하찮은 것에 이르기까지 쓰이지 않는 것이 거의 없었다. 그래서 책에 실려 전하는 이름들이 곳곳에서 많이 발견되었다.

그 중에 감(籛 : 속이 찬 대)은 성질이 둔하여 학문을 배우지 못하고 죽었으며, 운(篔)에 이르러서는 벼슬하지 않고 숨어 살았다.

운에게는 당(簹 : 왕대)이라는 아우가 하나 있었다. 운과 당은 똑같이 왕대로서 이름이 비슷한 형제는 겸허한 마음에 몸을 정직하게 간직하여 왕자유(王子猷 : 왕희지)와 잘 사귀었다. 자유가 이르기를, "하루라도 이 사람〔此君(차군)〕이 없어서는 안 된다." 하였으니, 그 뒤로 운은 '차군'이라는 호를 얻었다. 자유는 단정한 사람이었다. 친구를 사귀는 데도 반드시 단정한 사람을 취하였으므로 사람됨을 알 만하였다. 운은 익모(益母 : 익모초)의 딸에게 장가가서 딸을 낳았는데 죽부인이 바로 그였다.

죽부인은 어릴 때부터 정숙한 자태를 가졌다. 이웃에 사는 의남(宜男 : 원추리)이라는 사람이 음탕한 말로 놀리자 성내며 말하기를, "남자와 여자가 비록 다르지마는 가져야 할 절개는 똑같다. 한 사람이 다른 사람에 의하여 절개를 빼앗기면 어찌 세상에 살아 남겠는가?" 하였다. 그러자 의남은 부끄러워 물러갔다. 그러니 한낱 소 여물 먹이고 꼴 베는 자가 그의 깊은 마음을 엿볼 수 있겠는가?

죽부인이 자란 뒤에 송대부(松大夫 : 소나무)가 예를 갖추어 청혼하였다. 그러자 부모가 이르기를, "송씨(松氏)는 훌륭한 집안이다. 그들의 훌륭한 지조는 우리 집안과 대등하다." 하고 시집보냈다.

부인은 성품이 날이 갈수록 굳고 후덕하였으며 어떤 일을 당하여 처리를 할 때 아무리 복잡한 일도 단칼에 베어내듯 결단하였다. 그리고 매화의 믿음과 오얏의 침묵도 일찍이 본 체하지 않고 무시하였으니, 하물며 귤이나 살구 같은 것이야 말할 나위가 있겠는가?

때로는 경치 좋은 아침이나 달 뜨는 저녁에 바람을 따라 시를 읊조리고 비를 맞으며 노래를 부르니, 맑고 깨끗한 태도는 능히 말로써 표현할 수 없었다. 그러나 어떤 사람은 몰래 그의 모습을 그려서 가치가 보물처럼 전해지기도 하니, 거기에 대한 그림이나 노래로는 송나라의 서화가인 문여가(文與可)의 그림과 문장가인 소식(蘇軾)의 작품이 제일 훌륭하였다.

남편인 송씨는 부인보다 열여덟 살이 위였는데 늦게 신선의 도를 배워서 곡성산(穀城山)에 가 노닐다가 그만 돌로 변하여 돌아오지 않았다. 그리하여 부인은 혼자 살면서 가끔씩 전해 내려오는 민요인 애정시 위풍(衛風)을 노래 부르니, 마음은 더욱 쓸쓸하여 스스로 견딜 수가 없었다. 드디어 술을 즐겨 마시기 시작하였는데 어느 해 5월 13일에 청분산(靑盆山)으로 집을 옮겨 가서 술에 취한 나머지 고갈증(枯渴症)이라는 병을 얻어 죽을 때까지 고생하였다. 이 병을 얻은 뒤로 늘 사람에게 의지하여 살게 되었지만 늙어 갈수록 절개는 더욱 굳으니 마을 사람들이 그를 추앙하였다.

삼방절도사*(三邦節度使) 유균(惟菌 : 살대)은 부인과 동성(同姓)으로서 부인의 행장(行狀 : 죽은 사람의 이력을 적은 글)을 가지고 임금에게 보이니 임금이 '절부(節婦)' 라는 호를 내려 주었다.

역사를 기록하는 사신은 이렇게 썼다.

"죽씨는 조상이 상고 시대에 공을 세웠고 후손들은 모두 재주 있고 굳은 절개를 가진 것으로 세상에 알려졌으니 부인의 훌륭함은 마땅한 일이다. 아하! 남의 배필이 되었으나 결국 대를 이을 자손을 못 낳았으니 하늘이 아무것도 모른다는 말이 어찌 헛된 말이겠는가?"

—『가정집(稼亭集)』

생은 성이 저(楮 : 닥나무)이고 이름은 백(白)이며 자는 무점(無玷)으로 고향은 회계(會稽)이다. 한(漢)나라 중상시(中常侍) 상방령(尙方令)인 채륜(蔡倫)의 후예이다. 저생이 나자 난초를 끓인 물에 목욕을 시키고 흰 구슬을 가지고 놀게 했으며 흰 띠풀 자리에서 키워 성품이 맑고 깨끗하였다. 어머니가 같은 형제가 자그마치 열아홉이나 되었는데 모두 관계가 매우 긴밀하여 어디를 가나 함께 무인(武人)을 싫어하고 문인과 놀기를 좋아하였으며 중산모학사(中山毛學士 : 붓)와 늘 가까이 사귀어 모학사가 자기의 얼굴에 얼룩을 묻혀도 뿌리치지 않았다.

천지와 음양의 이치를 통달하였고 성현들의 성명(性命)의 근원을 알았으며 제자백가(諸子百家)의 글에서부터 이단(異端)이나 적멸(寂滅)의 교리까지도 기억해서 알지 못하는 것이 없으니, 거기에 쓰인 글을 찾아보면 낱낱이 알 수 있다.

한(漢)나라 때 책사*가 방정한 품행으로 과거에 응시하였을 때 임금에게 아뢰기를 "예로부터 서계*를 대나무 조각으로 엮어 만들거나 비단이나 베로 만들었는데 모두 불편하였습니다. 신이 비록 별 재주는 없사오나 마음으로 책을 대신하여 기억해 두겠습니다. 만일 신

닥나무로 종이를 만든 유래와 그 발전 과정을 열전 형식으로 쓴 가전체 소설. 후한 때 종이를 발명한 채륜을 그의 시조로 삼고 최초로 종이를 만든 고장을 밝혔으며, 종이의 발명 이래 문자를 기록하던 대나무나 비단이 가 대신하게 된 점, 그 뒤로 문학이 눈부시게 발전한 경위 등을 재미있게 서술하였다.

이첨(李詹) 1345~1405년(고려 충목왕 1년~조선 태종 5년) 고려 말, 조선 초의 문신. 본관은 신평(新平). 자는 중숙(中叔). 호는 쌍매당(雙梅堂). 시호는 문안(文安). 1365년(공민왕 14년) 감시(監試)에 합격, 1368년 문과에 급제하여 예문검열(藝文檢閱)이 되고, 1375년(우왕 1년) 우헌납(右獻納)에 올라 이인임(李仁任) 등을 탄핵하여 10년간 유배 생활을 했다. 조선 건국 후 1402년(태종 2년) 예문관대제학을 거쳐 지의정부사(知議政府事)에 올라 동지사(冬至使)로 명나라에 다녀와서 정헌대부(正憲大夫)가 되었다. 문장과 글씨에 뛰어났으며 『삼국사략(三國史略)』을 저술했다. 저서에 『쌍매당협장집』 등이 있다.

책사(策士) 대책 시험에 응시하는 선비.

서계《書契》 책 및 외교 문서.

이 잘못 기억하거든 묵형*으로 처벌하소서." 했다. 후한의 화제(和帝)가 실제로 시험해 보았더니 과연 하나도 잊어버리지 않고 다 기억하였다. 그러나 책으로는 사용할 수 없어 저생을 저국공(楮國公 : 닥나무 나라)에 봉하고 백주자사(白州刺史 : 흰 종이)로 삼았으며 만자군(萬字軍 : 글씨)을 통솔하게 하였다. 그를 봉한 고을의 이름을 따서 성을 저씨(楮氏)라고 하였다. 그러자 수부(樹膚 : 나무 껍질), 마두(麻頭 : 삼 껍질), 어망(魚網 : 그물의 줄), 상근(桑根 : 뽕나무 뿌리)* 네 명이 채용해 달라고 아뢰었으나 임금의 윤허를 얻지 못하고 쫓겨났다.

저생은 마침내 장생술(長生術)을 배웠는데 바람이 뚫지 못하고 좀벌레가 슬지 못하게 하는 것이었다. 그렇게 되려면 1주일 동안 계속해서 햇볕을 빨아들이고 티끌을 멀리한 뒤에 향불을 쪼여 고요하고 깨끗한 곳에 있어야 했다.

진(晉)나라 좌대충(左大沖)이 성도부*를 지었는데 저생이 이것을 한 번 보고 바로 외니 사람들이 다투어 그 글을 베껴 갔다. 그러자 평소 친히 지내던 벗들도 저생을 만나 보기가 힘들어졌다. 그 뒤 왕우군*의 글씨를 받게 되자 그 해서법(楷書法)을 온 세상 사람이 묘하다고 칭찬하였다.

양(梁)나라에서도 벼슬을 지냈는데 양나라 태자 통(統)과 함께 『우문선(右文選)』이라는 책을 편찬하여 세상에 전했으며 위수*와 함께 『국사(國史)』를 편찬하였으나 수가 공평하지 못하여 역사를 바르게 평가하지 못하고 오히려 더럽힌다고 하여 사직하였다. 북조(北朝) 시대 주(周)나라 학자인 소작*과 함께 장부를 만드는 데 참가하기를 원하니 임금이 허락

묵형(墨刑) 이마에 먹물로 문신을 그리는 형벌.

수부·마두·어망·상근 채륜이 종이를 만들 때 종이 재료로 쓴 것들임.

성도부(成都賦) 삼도부(三都賦)를 잘못 쓴 듯함. 좌대충이 [위·촉·오 삼도부(魏蜀吳三都賦)]를 쓰자 중국 천지에 종이가 달릴 정도로 많이 베껴졌다고 함. 낙양지귀(洛陽紙貴)가 여기서 나온 말임.

왕우군(王右軍) 진(晉)나라 때의 명필. 본명은 희지(羲之). 일찍이 우군 벼슬을 하여 붙여진 이름.

위수(魏收) 북제(北齊)시대의 학자. 학문으로 명성이 대단하였으나 성질이 괴팍하여 공평하지 못함.

소작(蘇綽) 학자이면서 산술에 능하였고 계장(計帳)과 호적법을 제정하였으며 주출묵입(朱出墨入)하는 방법도 만들었다.

하였다. 그리하여 붉은색으로 지출, 검은색으로 수입을 표시하는 방법〔朱出墨入〕을 만들어 모든 계산을 종합하고 따지기 편리하게 하니 사람들이 그의 능력을 칭찬하였다. 뒷날 진(陳)나라 후주(後主)의 총애를 받아 후주의 친한 손님, 여인들과 더불어 임춘각(臨春閣)에서 시를 짓기도 하였다. 그러다가 수(隋)나라 군대가 강소성에 있는 경구(京口)를 건너오자 진나라 장수가 밀계(密啓 : 몰래 올리는 글)를 올려 급한 사실을 알렸으나 저생이 비밀에 부치고 글을 열어 보이지 않아 진나라가 패하고 말았다.

수양제(隋煬帝)가 통치하던 대업(大業 : 605~617년) 연간에는 당시 시문학자인 왕주(王冑)나 설도형(薛道衡) 등과 함께 임금을 섬기며 훌륭한 시구들을 읊기도 하다가 임금이 자신보다 나은 자를 싫어하여 결국 멀어졌다. 당(唐)나라 때에는 학문 연구 기관인 홍문관(弘文館)이 생겼고 저생이 본관겸학사(本官兼學士)로 임명되어 당시의 대학자인 저수량(褚遂良), 구양수(歐陽詢) 등과 옛 글을 강론하고 정치를 확립시켜 후세에 잘 다스려진 시대라 일컫는 당태종 이세민의 연호인 정관(貞觀 : 627~649년) 시대의 정치를 이루었다.

그 뒤 송(宋)나라에 들어서서 염락제유*들과 함께 문학을 밝히는 정치를 펼쳤고, 사마온공*이 중국 역사책인 『자치통감』을 편찬할 때에 저생을 훌륭한 군자라고 하면서 많은 자료를 빌려 보았다. 뒤에 왕형공(王荊公)이 세력을 잡자 부정을 비판하는 역사책을 싫어해서 조정의 소식을 실은 조보(朝報)를 찢어 버리고 불태우자 저생은 옳지 못하다고 역설하다가 쫓겨났다.

원(元)나라 초기에 이르러서도 주어진 일에는 힘쓰지 않고 오직 장사하는 일을 익혀서 몸에 돈꾸러미를 싸가지고

염락제유(濂洛諸儒) 송나라 때 염계와 낙양 두 지방에 살던 학자들을 총칭하는 말로 보통 주돈이(周敦頤), 소옹(邵雍), 사마광(司馬光), 정호(程顥), 정이(程頤), 장재(張載) 여섯 명을 대표로 가리킴.

사마온공(司馬溫公) 이름은 광. 자는 군실(君實). 송나라 협주(峽州) 사람. 『자치통감(資治通鑑)』을 저술하였다.

다방이나 술집을 출입하면서 분량과 무게를 따지는 일에 참가하니 사람들이 천하게 생각하였다.

원나라가 망하고 명(明)나라가 들어서자 다시 벼슬길에 올라 임금의 총애를 받으니 자손이 매우 많았다. 자손 중에는 대대로 역사를 담당하는 자, 시문에 종사하는 자, 기록을 담당하는 자도 있었다. 곧 관청에 있는 자는 돈이나 곡식의 수를 맡아 보고 군대에 간 자는 병사들의 공로를 기록하였으니 그 직책에 귀천은 있더라도 모두 자신의 일에 충실하여 직분을 유기하였다는 비난은 받지 않았다. 그리고 모두들 대부(大夫) 벼슬을 지낸 저생의 후예임을 자랑스럽게 여겨 몸을 깨끗이 하였다.

―『쌍매당협장집(雙梅堂篋藏集)』

1년 24절기 중 열아홉 번째 절기인 입동은 겨울이 시작된다는 날이다. 이 날 새벽녘에 식영암이 암자에 앉아 있다가 벽에 기대고 잠시 졸았다. 그 때 문밖의 뜰에서 이런 소리가 들려 왔다.

"새로 온 정시자(丁侍者), 여기 문안 드리오!"

이상히 여겨 밖에 나가 바라보니, 한 사람이 서 있는데 몸은 가늘고 길며 빛깔은 검게 빛났다. 붉은색 뿔은 위로 솟아 마치 소가 싸우려는 형상을 한 듯하고, 검은 눈동자는 성이 난 듯이 툭 불거져 있는데다가 뒤뚱뒤뚱 들어와서 우뚝 서 있었다. 식영암은 처음에 무서운 생각이 들었지마는 조금 있다가 이렇게 말했다.

"자네가 내 앞에 와 섰으니 묻겠는데, 자네 이름은 왜 정(丁)이라고 하였으며 어디서 왔고, 또 무엇 때문에 왔는가? 게다가 나는 자네 얼굴을 본 일이 없는데 자네는 모신다는 뜻인 시자(侍者)라고 말하였네. 그래 물음에 답해 보겠나?"

식영암의 말이 끝나기가 무섭게 그는 새처럼 팔딱팔딱 뛰며 다가와서 천천히 대답하였다.

"아주 오랜 옛날에 성인(聖人)이 있었습니다. 그 중에 머리가 소처럼 생긴 포희*씨는 곧 중국 상고 시대의 삼황〔三皇 : 복희(伏羲)·신농(神農)·황제(黃帝)〕 중의 한 사람인 복희씨로서 우리 아버지입니다. 그리고 뱀의 몸을 가졌다는 여와씨*는 옛날에 이 세상이 처음 생겨날 때 북쪽 하늘이 무너져 내리는 것을 돌로 괴어 받쳤다고 알려진

지팡이를 의인화해서 그 기원과 모양, 역할, 가치, 의미 등을 여러모로 관찰하여 표현한 글이다. 그런데 이 글은 작자가 승려이고 등장 인물도 승려가 나오지만 사상적 배경은 도교의 제물(齊物)·장생(長生) 사상과 유교의 인도(人道) 사상이 농후하다.

식영암(息影庵) 고려 집권 시대에 사대부들과 널리 사귀었고, 시문에 재능이 있었던 승려.

포희(包犧) 중국 고대 전설 속의 황제. 백성들에게 물고기를 잡고 목축을 하는 방법을 가르쳤다고 함. 주역의 팔괘(八卦)를 만들어 동양 철학의 근본을 만들었음.

분으로 우리 어머니입니다. 그런데 이 분들이 나를 낳아서 숲 속에 버리고 직접 길러 주지 않았으므로 나는 서리나 우박을 맞아 거의 죽다시피 여위었고, 때로는 온화한 바람과 기름 같은 비의 은혜를 입어 활기차게 자라기도 했습니다. 이와 같이 모진 추위와 더운 여름을 수많이 겪고 난 뒤에 쓸만한 재목으로 자랐는데 뒷날 진(晉, 기원전 7세기경~기원전 376년)나라 때 속인(俗人)이 되었습니다. 그리하여 주선왕(周宣王) 때 진(晉)나라로 도망 온 습숙(濕叔)을 시조로 하는 범(范)씨 성 가진 이의 집에서 가신(家臣) 노릇을 했습니다. 이 때 삼진(三晉) 중의 하나인 조(趙)나라에서 지백(智伯)의 신하 예양*으로부터 주인의 원수를 갚기 위해 몸에 옻칠을 하는 방법을 배웠습니다. 그러다가 당(唐, 618~907년)나라 때 중이 된 뒤에, 당시 고승(高僧)인 조로*의 제자가 되었다가 사물의 판단력이 정확하여 묻는 것에 대한 대답이 빠를 뿐 아니라 영험하다는 뜻으로 철취(鐵嘴)라는 호를 받았습니다. 그리고 그 뒤에 산동(山東) 지방에 있는 정도(定陶)라는 곳에 가서 노닐었는데 이곳은 한문제(漢文帝)의 어머니인 정희(丁姬)의 고향으로 정씨가 많은 고장이었습니다. 어느 날 길을 가다가 정삼랑(丁三郎)이라는 사람을 만났는데, 나를 한참 동안 바라보더니 이렇게 말했습니다. '내, 자네 모양을 보니 위 부분이 가로 놓였고 가운데서 아래로 뻗어 있는 것이 마치 나의 성인 글자 정(丁)자와 비슷하네, 그러니 나의 성을 자네에게 주겠네.' 나는 그 말이 그럴

여와(女媧) 원래는 여왜. 대개 여와씨라고하며 복희씨의 누이라고도 한다. 뱀의 몸에 사람 머리를 한 전설적인 고대 여황제로 복희의 후임이 되어 나라를 통치하였는데, 뒤에 축융(祝融)과 싸우다가 이기지 못하자 화가 나서 머리로 불주산(不周山)을 받았다고 한다. 그러자 산이 무너지며 하늘을 괸 기둥이 꺾이고 땅까지 무너져들었다 그리하여 여왜씨는 오색석(五色石)을 깎아 다시 기둥을 만들어 하늘을 괴고 그 밑에 거북의 발을 잘라 네귀퉁이에 받치어 물이 올라오는 것도 막았다고 한다.

예양(豫讓) 춘추전국 시대 진(晉)나라 사람. 일찍이 지백을 섬겨 국사(國士)로 대접받았으나 뒷날 지백이 조양자에게 죽임을 당하자 몸에 옻칠을 하여 문둥이가 되고 불이 타는 숯덩이를 입에 물어 말 못하는 병어리가 되어 다른 사람들이 몰라보게 한 뒤에 조양자를 암살하려다가 발각되어 살해당했다.

조로(趙老) 778~897년: 이름은 종심(從諗) 또는 조주(趙州) 당나라 소종(昭宗) 때 승려. 조군관음원(趙郡觀音院)에서 120살로 입적함. 시호는 진제선사(眞際禪師)라고 하는데 조나라 땅의 옛 부처라는 뜻인 조주고불(趙州古佛)이라는 별명으로 더 잘 알려져 있다.

팔십이

듯하다고 생각하여, 그가 주는 성을 나의 성으로 만들고 다시는 그 성을 고치지 않았습니다.

그런데 나의 직책은 남을 붙들어 모시는 것이므로 사람들이 함부로 데려다가 부리니 신분은 천하고 또 역할은 힘들었습니다. 그러나 나를 부리기에 알맞은 사람이 아니면 쉽사리 따르지 않았기 때문에 모실 사람은 그리 많지 않았습니다. 그리하여 섬길 만한 주인을 만나지 못하여 하릴없이 사방으로 떠돌아다니다가 보니 흙으로 만든 인형인 토우*에게까지 비웃음을 당하였습니다. 자기는 비를 맞으면 흙으로 돌아가면 되지만 나는 비를 맞으면 정처 없이 떠내려 가야 한다고 말이지요. 나는 그의 말대로 지금까지 오랜 세월 방황하였습니다. 그런데 어제 하느님께서 나의 운명이 기구한 것을 애달프게 여겨 이렇게 명령하였습니다. '너는 화산(花山)에 가서 사람을 모시는 시자(侍者) 노릇을 하여라. 그리고 거기 가서 직책을 맡거든 그 분을 스승으로 모시어 정성을 깍듯이 하여라.' 이와 같이 하느님의 명령을 받들고 기쁜 나머지 한쪽 다리로 단숨에 뛰어왔습니다. 그러니 어르신께서는 나를 시자로 받아 주십시오."

식영암이 대답하였다.

"훌륭하기도 하오, 정상좌*여! 당신은 옛 성인 복희씨의 피를 이어받은 사람이구려. 저 『서경(書經)』 「태서편(泰誓篇)」에 두려워하는 백성의 모습이 마치 꺾어진 뿔과 같다고 하였는데 당신의 뿔은 양쪽으로 뚜렷이 나 있으니 장한 모습이고, 또 『맹자(孟子)』에 등장하는 북궁유(北宮黝)와 같이 칼로 눈을 찔러도 눈 하나 깜짝하지 않으니 이는 용맹스

토우(土偶)에 대한 우화 춘추전국 시대에 맹상군(孟嘗君)이 진(秦)나라에 가려고 하자 그를 따르던 추종자들이 말렸으나 듣지 않았다. 그러자 당시 변사인 소대(蘇代)가 말했다. "제가 지금 밖에서 흙인형(土偶人)이 나무인형(木偶人)을 보고 말하기를 '비가 오면 너야 흙으로 돌아가면 그만이지만 나는 비가 오면 어디로 떠내려갈지 모를 신세일세.' 하는 소리를 들었습니다. 지금 진나라는 호랑이나 이리 같은 나라인데 당신께서 갔다가 실패하면 저 흙인형의 비웃음을 당하지 않겠소?" 이 말을 듣고 맹상군은 결심을 굽혔다고 한다.

정상좌(丁上座) 상좌는 학식이나 덕망이 높은 중을 가리키는 말로서 여기서는 정시자가 당나라 고승의 불제자라고 하였으므로 이렇게 부른 것임.

러움이요, 몸에 옻칠을 하여 문둥이가 되어서 은혜와 원수를 동시에 갚으려고 한 옛 사람을 본받으려고 했으니 이는 믿음과 의리가 있음을 말하는 것이요, 사람과의 대화에서 묻고 대답하는 일에 민첩하여 철취라는 호를 얻었으니 이는 슬기와 말솜씨가 뛰어남을 뜻함이요, 남을 붙들어 주고 모시는 직책을 가졌으니 남을 사랑하는 일이고 보살펴 주는 예절을 갖추었으며, 주인을 골라서 섬기려고 하니 이는 바르고 밝게 살려고 하는 것이오. 이렇게 많은 좋은 점을 가지고 또 오래도록 살며 늙지 않았으니 이는 성인이나 귀신이 아니고서야 어찌 바랄 수가 있다는 말이오? 나는 당신이 가진 이 여러 가지 가운데 한 가지도 가진 것이 없으니 당신과 벗으로도 사귈 수가 없거늘 어떻게 스승이 될 수 있다는 말이오? 저 화도(華都)라는 곳에 화산(花山)이 또 하나 있는데 각암노화상이라는 중이 그 산에 머무른 지가 2년 되었소. 화산이라는 산 이름은 여기나 거기가 모두 같지만 당신이 모실 사람이 되기에는 내가 덕이 모자란 것 같소. 하느님이 당신을 보낸 곳은 여기가 아니고 거기일 듯하오. 그러니 그리로 가 보시오."

그리고 식영암은 그를 보내며 이렇게 노래를 불렀다.

"정시자여! 빨리 각암의 문하로 가게나. 나는 넝쿨에 매달린 박이나 참외 같아, 늘 이곳에 매여 있느니. 넓은 세상에 뜻을 둔 당신, 정시자만 못하다오."

―『쌍매당협장집』